Gudrun Pausewang

Der Streik der Dienstmädchen

Gudrun Pausewang, geboren 1928, war lange Zeit als Lehrerin in Deutschland und an deutschen Schulen in Südamerika tätig. Sie zählt zu den bedeutendsten deutschen Kinder- und Jugendbuchautorinnen. Viele ihrer Bücher wurden mit Preisen ausgezeichnet, so auch der Roman »Die Wolke«, für den sie den Deutschen Jugendliteraturpreis erhielt.

Von Gudrun Pausewang sind in den Ravensburger Taschenbüchern erschienen:

RTB 52041
Auf einem langen Weg

RTB 52296
Aufmüpfige Geschichten

RTB 58007
Die letzten Kinder von Schewenborn

RTB 58014
Die Wolke

RTB 58019
Der Schlund

RTB 58031
Die Not der Familie Caldera

RTB 58036
Das Tor zum Garten der Zambranos

RTB 58040
Reise im August

RTB 58074
Ich habe Hunger, ich habe Durst

RTB 58099
Die Verräterin

RTB 58126
Der Streik der Dienstmädchen

RTB 58151
Adi – Jugend eines Diktators

RTB 58196
Du darfst nicht schreien

RTB 58245
Und was mach ich?

RTB 58254
Überleben!

RTB 58339
Die Meute

Gudrun Pausewang

Der Streik der Dienstmädchen

Ravensburger Buchverlag

Als Ravensburger Taschenbuch
Band 58281 (vorher RTB 58126)
erschienen 2008

Die deutsche Erstausgabe erschien 1979
in der Ravensburger Jungen Reihe
im Ravensburger Buchverlag.

Umschlaggestaltung: Dirk Lieb
unter Verwendung eines Fotos
von Keith Dannemiller (Corbis)

Printed in Germany

1 2 3 4 5 12 11 10 09 08

ISBN 978-3-473-58281-5

www.ravensburger.de

1

In der verschlafenen kleinen Stadt Santa Monica flog an einem ganz gewöhnlichen Montag, kurz nach der Frühstückszeit, die Küchentür des Hauses Gonzalez auf. Sie führte ins Freie und galt als Dienstboteneingang. Mit erschrockenen Augen stolperte das Dienstmädchen Marta heraus, ein schmächtiges Ding mit zusammengewachsenen Augenbrauen und glattem Indianerhaar, das sie kurz geschnitten trug und mit zwei Klammern hinter den Ohren zurückhielt, weil ihre Señora es so verlangte. Die stand jetzt im Türrahmen und rief schrill: »Hinaus mit dir, du undankbare Schlampe!«

»Aber ich *bin* doch dankbar, Doña Natalia«, jammerte Marta und drehte sich um. »Ich wollte doch nur …«

»Willst du wohl schweigen!«, herrschte Doña Natalia sie an. »Wenn ich spreche, hast du den Mund zu halten!«

»Ich wollte doch nur …«, schluchzte Marta.

»Jawohl, du wolltest nur unverschämte Forderungen stellen, was?«, unterbrach Doña Natalia sie. »Und noch keine sechzehn Jahre alt! Wenn ich nur wüsste, wer dir solche aufmüpfigen Gedanken in dein kleines Gehirn geblasen hat. Hast du nicht allen Grund, dankbar zu sein? Wo du doch ohne meine Hilfe längst in der Gosse oder auf dem Friedhof gelandet wärst!«

Marta stand mit gesenktem Kopf und hängenden Armen vor ihr.

»Aber das sage ich dir«, fuhr Doña Natalia fort. »In der ganzen Stadt, ja in der ganzen Umgebung bekommst du keine Stellung mehr, dafür werde ich sorgen. Keine Hausfrau, die mich kennt, wird es wagen, dich gegen meinen Willen einzustellen – und mich kennt jeder!«

Marta heulte laut auf und schluchzte: »Ich hab mir's überlegt: Ich verlang ja nichts, ich will wieder weiterarbeiten nur für Kost und Bett ...«

»Nichts da«, sagte Doña Natalia barsch. »Das hättest du dir vorher überlegen sollen. Wer sich in deinem Alter solche Forderungen anmaßt, passt nicht mehr in mein Haus. Mach dir keine Hoffnungen. Auch wenn du auf Knien angekrochen kämst, nähme ich dich nicht mehr auf. Ich habe meine Prinzipien!«

Damit schlug sie der armen Marta die Tür vor der Nase zu und riegelte sie von innen ab.

»Aber wo sind meine Kleider!«, rief Marta entsetzt. »Mein Kamm! Und der neue Spiegel!«

»Deine Kleider?«, höhnte Doña Natalia drinnen. »Wer hat sie dir denn zur Verfügung gestellt – unter der Bedingung, dass du fleißig und bescheiden bist? Mach, dass du fortkommst, sonst rufe ich die Polizei!«

Da gab Marta auf. Laut weinend stolperte sie auf die Straße und setzte sich auf die niedrige Gartenmauer. Es war ein heißer Morgen, aber sie fror. An den Füßen trug sie nur Pantoffeln, die Doña Natalia abgelegt hatte. Sie waren Marta viel zu groß. Marta wollte nichts als sterben! Nun hatte sie sich alles verdorben, nun war alles aus. Warum hatte sie unbedingt die gleichen Rechte wie Josefina erzwingen wollen, die auch noch keine sechzehn Jahre alt war und doch schon zwanzig Cruces im Monat bekam!

Da war sie auch schon, diese Josefina, das Dienstmädchen aus dem Nachbarhaus. Die war an allem schuld. Mit der Milchkanne kam sie aus dem Laden zurück. Ihre Herrschaften frühstückten später als die Gonzalez'. Erstaunt blieb sie vor Marta stehen.

»Was ist denn passiert?«, fragte sie erschrocken. »Ist jemand von deinen Leuten gestorben?«

Aber im gleichen Augenblick erinnerte sie sich, dass Marta keine Familie mehr besaß.

Marta gab keine Antwort.

»Oder hat sie dich etwa rausgeworfen?«, flüsterte Josefina.

Marta brach von Neuem in Tränen aus und nickte.

»Hast du sie – wegen des Lohns ...?«, fragte Josefina verstört.

»Hätt ich doch nicht auf dich gehört!«, schluchzte Marta. »Das hab ich jetzt davon!«

»Du hast es doch selber ungerecht gefunden, dass sie dir nach zweieinhalb Jahren Dienst immer noch keinen Lohn gegeben hat«, rief Josefina. »Ich hab dir nur Mut gemacht, das war alles.«

»Jetzt hab ich nicht einmal mehr Kost und Bett!«, jammerte Marta.

»Sei froh, dass du weg bist von dieser geizigen Ziege«, tröstete Josefina und setzte sich neben sie. »Ich hab mich sowieso gewundert, wie du's bei der so lange hast aushalten können.«

»Nur ein halbes Jahr hab ich gebraucht, bis sie mich angelernt hatte, und seitdem hab ich alle Arbeit allein gemacht, außer in der Küche«, klagte Marta. »Mit dreizehneinhalb kam ich zu ihr und jetzt bin ich fast sechzehn. Da kann ich doch einen Lohn verlangen, einen kleinen, auch wenn ich noch nicht ganz sechzehn bin! Wo ich doch genauso viel arbeite wie eine Sechzehnjährige oder Zwanzigjährige!«

»Da kann man nichts machen«, seufzte Josefina. »Sie ist eben aus Stein. Komm mit zu mir rüber. Wenn sie aus dem Fenster schaut und mich mit dir reden sieht, erzählt sie gleich allen ihren Freundinnen, ich würde dich aufhetzen.«

Also nahm Josefina, die rundliche Mulattin, Marta mit ins Nachbarhaus. Dabei verfuhr sie sehr vorsichtig. Erst ließ sie Marta vor der Gartentür warten, an einer Stelle, wo Doña Natalia sie nicht sehen konnte. Dann schlüpfte sie ins Haus, vergewisserte sich, dass ihre Señora im Bad und die Familienmitglieder noch in den Schlafzimmern waren, und winkte Marta von der Straße zur Küchentür. Hastig zog sie sie herein und schob sie in ihre Kammer, in der ein Bett und ein Holzregal standen. Hinter einer halben Trennmauer tropfte eine Dusche, daneben, offen sichtbar, wölbte sich die Kloschüssel.

Josefina schubste Marta auf ihr Bett.

 »Was soll ich denn jetzt tun?«, jammerte Marta. »Zweieinhalb Jahre hab ich zu den Gonzalez' gehört und meine Sachen sind noch drin, eine ganze Tüte voll, und vor allem der neue Spiegel, den ich mir vom Trinkgeld gekauft hab. Das haben mir doch die letzten Gäste gegeben, bevor sie abgereist sind, hab ich dir's nicht erzählt? Aber ich hab kein Geld, um anderswohin zu fahren, und hier in der Stadt kriege ich keine Stellung mehr, wenn Doña Natalia es nicht will …«

»Also ich finde es eine Schweinerei, was sie mit dir gemacht hat«, flüsterte Josefina. »Aber was lässt sich schon dagegen tun? Unsereiner ist denen ja ausgeliefert. Solche wie Doña Natalia können sich alles erlauben. Die ist hier eine von den Mächtigsten und niemand wagt es, sich ihr entgegenzustellen. Immer holt sie sich ganz junge Mädchen vom Land, die sich noch nicht auskennen. Mit denen kann sie machen, was sie will. Die denken, so muss es eben sein und nicht anders.«

»Aber was soll ich jetzt tun?«, wiederholte Marta verzweifelt. »Ich kann doch nirgends hingehen!«

»Bleib erst mal da sitzen und beruhige dich«, flüsterte Josefina. »Ich muss mich jetzt ums Frühstück kümmern, sonst handle ich mir auch noch Ärger ein. Mach bloß keinen Lärm! Du weißt ja, ich soll keine Fremden ins Haus lassen …«

Und schon huschte sie hinaus und hantierte eifrig in der Küche.

2

Nur einundachtzig von rund eintausend Haushalten in Santa Monica konnten sich ein Dienstmädchen leisten, und in dreizehn Haushalten gab es neben dem Dienstmädchen sogar noch eine Köchin.

Insgesamt waren in den Häusern der Reichen von Santa Monica an diesem Tag einhundertsieben weibliche Dienstboten in Stellung, und darüber hinaus zogen mehrere Mädchen von Tür zu Tür, boten ihre Arbeit an und lauerten auf eine frei werdende Stelle.

Alle Dienstmädchen und Köchinnen kannten sich untereinander. Sie trafen sich morgens beim Milchholen und abends nach der Arbeit auf den Gartenmauern und Treppen und auf den Bänken der Plaza. Von Küchenfenster zu Küchenfenster, von Wäscheplatz zu Wäscheplatz riefen sie sich die neuesten Neuigkeiten zu, und so kam es, dass bis zum Mittag fast alle Mädchen erfahren hatten, dass Marta von ihrer Señora entlassen worden war, nun in Josefinas Kammer saß und nicht aus noch ein wusste.

»Eine Gemeinheit!«, sagte Ermengilda, die so schwarz war, dass sie glänzte, und unglaublich große Füße hatte. Sie diente bei der Witwe Medina, die den Wohltätigkeitsverein leitete.

»Jawohl, eine Hundsgemeinheit!«, schimpfte Rita, die Halbtürkin, die beim Kaufmann Safadi in Dienst stand. Sie war die uneheliche Tochter eines Dienstmädchens, das früher in diesem Hause gedient hatte, und ihr Vater war der Kaufmann Ahmed Safadi persönlich. Sie war ein hübsches

Mädchen, alle Männer drehten sich nach ihr um, wenn sie Milch holte oder mit dem jüngsten Kind ihrer Herrschaft spazieren ging, und kein Geringerer als der Polizeisergeant Mauricio Ramirez hatte sich mit ihr verlobt. Aber sie schob die Hochzeit vor sich her, sie ließ sich Zeit, obwohl sie schon zwanzig war.

»Mir geht es ja auch nicht anders«, seufzte Marina, deren größtes Vermögen eine blonde Haarsträhne war, über die Gartenmauer. »Ich arbeite auch schon zwei Jahre lang bei den Gorbeas und hab noch nie auch nur einen Centavo Lohn gesehen. Ich hab mich bisher nur nicht getraut zu fragen. Man muss ja froh sein, wenn man überhaupt eine Stellung hat. Du hast es besser, Rita, du kriegst einen festen Lohn ...«

»Pah«, antwortete Rita, »was sind schon sechzig Cruces? Dabei ist er mein Vater. Aber ich bin für ihn keine Tochter. In seinen Augen gelte ich nichts. Ich bin nur das Kind einer Dienstmagd, basta.«

»Doña Natalia hätte ihr wenigstens ihre Sachen herausgeben können«, sagte Marina, deren Großmutter eine heruntergekommene Katalanin gewesen war.

»Was soll jetzt mit Marta geschehen?«, fragte Josefina ratlos die beiden Mädchen, die sie unterwegs traf, als sie das Baby ihrer Señora unter den staubigen Alleebäumen spazieren fuhr. Flor und Nana wussten keinen Rat.

»Sie kann doch nicht ewig in meiner Kammer bleiben«, klagte Josefina. »Sonst riskiere ich auch noch, dass ich rausfliege. Meine Señora sagt, ich kann auch draußen mit den anderen Mädchen reden. Aber Marta ist meine Freundin, wir haben jeden Abend zusammen auf der Mauer gesessen. Da kann ich sie doch jetzt nicht einfach sitzen lassen …«

»Was Marta heute passiert ist, kann morgen auch uns passieren«, sagte Nana, eine Indianerin aus dem Dorf Manzanilla. »Aber für Marta ist es besonders schlimm, weil sie kein Zuhause hat.« Nana traf Luz, und sie sprachen über Marta, und Luz traf kurz danach Inez, und sie sprachen auch über Marta. Inez war ein herzensgutes Ding, sie weinte vor Rührung über die Märchen, die ihre Señora den Kindern abends vorzulesen pflegte.

»Nein«, sagte sie, »in Josefinas Kammer kann Marta nicht bleiben. Dort muss sie ja Angst haben, wenn sie nur Schritte hört. Jeden Augenblick kann sie entdeckt werden. Sag Josefina, sie soll sie zu meiner Mutter schicken. Dort kann sie einen oder zwei Tage bleiben. Eine Hängematte haben wir übrig. Die kann sie sich im Verschlag aufhängen.«

Josefina führte Marta heimlich durch die Küche hinaus, während die Señora ihr Nachmittagsschläfchen hielt. Erleichtert sah sie sie fortgehen. Nun war sie wenigstens die Angst los. Marta schlurfte in den großen Pantoffeln niedergeschlagen zu Inez' Mutter. Sie war eine Waschfrau, die reihum für verschiedene Familien Wäsche im Fluss wusch. Sie wohnte in einer Lehmhütte mit Wellblechdach am Ufer des kleinen Flusses, der während der Trockenzeit bis auf ein Rinnsal austrocknete. In der Regenzeit war gleich unterhalb der Hütte der Waschplatz. Alle Dienstmädchen Santa Monicas kannten Inez' Mutter. Wer nicht aus noch ein wusste, kam zu ihr. Sie hatte die Namen aller Mädchen im Kopf, aber sie nannte sie immer nur »Töchter«. Alle schätzten sie, denn sie beriet Verliebte, versöhnte Eheleute, stiftete Ehen, deutete Träume, gab Erziehungshilfen. Sie bereitete vielerlei Tees aus Kräutern zu: gegen Zahnschmerzen und Leibschmerzen, gegen Blasenkatarr und Rheuma. Sie kannte die Samenkörner, die Glück in der Liebe bringen, und hatte sie auch vorrätig: kleine schwarzrote Bohnen, die aufgefädelt um den Hals getragen werden mussten, wenn sie wirken sollten. Für die Mädchen und Frauen, die ein Kind bekamen, hatte sie eine reiche Auswahl an Namen anzubieten, und wenn alle drei Hebammen der Stadt beschäftigt waren, sprang sie, wenn nötig, auch selbst ein. Sie nutzte niemanden aus, haute niemanden übers Ohr, und wenn so ein armes Ding einmal nicht den bescheidenen Preis zahlen konnte, den sie verlangte, winkte sie ab und sagte: »Dann stunde ich dir's, bis ich einmal als altes Bettelweib an deine Tür komme, wenn du reich geworden bist.«

Damit galt die Schuld stillschweigend als gestrichen.

»Trink erst mal einen Tee«, sagte Inez' Mutter, als Marta weinend bei ihr ankam, »und dann erzähle.«

Sie kochte einen Tee, der, wie sie sagte, das Herz langsamer schlagen ließ, wies Marta an, sich neben sie auf die Steine am Flussufer zu setzen.

Dann ließ sie sich, während sie weiterwusch, die ganze Geschichte, vermengt mit Schluchzern und Seufzern, ohne Unterbrechung vortragen.

»Jetzt ist alles aus!«, heulte Marta, als sie mit dem Bericht fertig war. »Jetzt bleibt mir nur noch der Strick.«

»Na, na, na«, sagte Inez' Mutter. »Eigentlich bist du doch zu beneiden.«

»Zu beneiden?«, rief Marta verblüfft und riss die Augen auf.

»Wenn du hier auf Erden so viel Ungerechtigkeit ertragen musst«, sagte Inez' Mutter, »so wirst du's später im Himmel umso herrlicher haben. Das ist dir versprochen. Das ist uns allen versprochen.«

»Ich wollte, ich wär schon dort«, schluchzte Marta.

»Vorgreifen gilt nicht«, sagte Inez' Mutter streng. »Damit würde man sich wieder alle Herrlichkeiten verscherzen. Man muss schon durchs Jammertal kriechen, das wird einem nicht erspart. Aber man hat wenigstens eine Hoffnung, an der man sich aufrichten kann.«

»Und jetzt?«, fragte Marta und zog die Nase hoch. »Was mach ich jetzt? Ich muss doch irgendwie weiterleben …«

»An deiner Stelle«, sagte Inez' Mutter und hob die Hände aus dem Wasser, um sich das Gesicht zu kühlen, »würde ich noch einmal zu Doña Natalia gehen und sehen, ob sie nicht doch zu erweichen ist. Sie war zornig, aber inzwischen wird ihr Zorn verraucht sein. Sag ihr, in Jesu Namen solle sie dich wieder aufnehmen. Küss ihr die Hand. Weine. Wenn das nichts hilft, müssen wir nach einem anderen Ausweg suchen.«

»Ich hab so Angst vor ihr«, stammelte Marta.

»Hilft nichts«, sagte Inez' Mutter streng. »Da musst du durch. Und beeil dich, sonst ist es zu spät. Du hast schon viel zu viel Zeit verstreichen lassen.«

Marta seufzte bekümmert und machte sich auf den Weg.

»Die Jungfrau sei mit dir!«, rief Inez' Mutter ihr nach, trank den Rest des Tees aus, legte sich ein nasses Bettlaken aus dem Hause Gutierrez über Kopf und Nacken, um sich vor der Hitze zu schützen, und beugte sich wieder über ihr Waschbrett. Schwärme von Mücken umsummten sie. Regenwolken ballten sich über dem Wellblechdach zusammen, eine dunkle Front zog hinter den gelben Hügeln auf. Die Schwüle erstickte den Lärm der Kinder, die sich zwischen den Hütten an das Ufer drängten.

»Trinkt doch nicht von dem Wasser!«, rief Inez' Mutter den Nachbarskindern zu, die neben ihr, flussabwärts, nackt im seichten Uferwasser planschten. »Ihr bekommt den Mund voll Seife!«

Es dauerte keine halbe Stunde, da war Marta, niedergeschlagen und verweint, wieder da.

»Sie hat schon eine Neue«, schluchzte sie.

»So«, sagte Inez' Mutter trocken. »Eine vom Land, nicht wahr, eine ganz Junge, die sie dann wieder von der Köchin abrichten lässt.«

Marta nickte.

»Bescheiden und willig ist sie, hat Doña Natalia gesagt«, seufzte sie, »und stellt keine unverschämten Forderungen.«

»Das heißt«, sagte Inez' Mutter, »dass die Neue auch wieder ohne Lohn arbeitet. Na, wenn erst das Jüngste Gericht kommt, dann gibt es bei Doña Natalia ein großes Zähneklappern. Aber nun zu dir, Tochter. Bleib heute Nacht bei mir. Morgen Früh gehst du mit mir auf den Markt, zu den Lastwagenfahrern. Vielleicht fährt einer von ihnen hinauf nach Andagoya und nimmt dich mit für Gotteslohn. Dort kennt dich niemand, und dort kennt wahrscheinlich auch niemand Doña Natalia. Geh dort von Tür zu Tür und frag nach Arbeit. Irgendwo wirst du Glück haben. Aber verding dich nicht zu billig. Verlang gleich einen Lohn. Du bist nicht irgendwer. Du kannst dich als erfahrenes Hausmädchen ausgeben.«

»Aber Andagoya ist so groß, und dort kenne ich niemanden«, jammerte Marta. »Wie kann man denn in einem Ort wohnen, wo man so fremd ist?«

»Am Anfang ist man überall fremd«, antwortete Inez' Mutter. »Man muss sich halt gewöhnen. Hast du eigentlich seit heute Morgen schon was gegessen?«

Marta schüttelte den Kopf.

»Dann komm«, sagte Inez' Mutter. »Hilf mir tragen. Nachher kannst du die Schüssel Wäsche aufhängen – aber erst, wenn der Guss vorüber ist. Wieso läufst du hier barfuß herum? Unter den Steinen gibt es Skorpione. Hast du nicht schon genug Schwierigkeiten?«

»Sie hat sie mir abgenommen«, schluckte Marta.

»Wer hat dir was abgenommen?«, fragte Inez' Mutter, während sie den Hang heraufkeuchte.

»Doña Natalia die Pantoffeln«, sagte Marta. »Ich hab sie ja von ihr gehabt, und sie hat sie jetzt zurückverlangt, als ich eben bei ihr war …«

Inez' Mutter blieb stehen.

»Dieses Miststück!«, schimpfte sie. »Am liebsten hätte sie dir noch das Kleid vom Leib gerissen, was? Wenn ich der Herrgott wäre, ich wüsste schon, was ich mit ihr täte. Pfui Teufel!«

Es donnerte. Die ersten Tropfen fielen, schwere, träge Tropfen, die mit einem dumpfen Ton auf das Wellblechdach aufschlugen und zerplatzten.

»Mein Gott, die Wäsche!«, schrie Inez' Mutter und rannte zu den Leinen neben der Hütte. »Stell die Schüssel ab und hilf! Sie ist fast trocken!«

Marta half. Sie bewegte sich sicher und geschickt zwischen den Laken und Bezügen und Tüchern, sie brachte die Wäsche fast noch flinker als Inez' Mutter von den Leinen. Kaum hatten sie sich ins Haus gerettet, entlud sich der letzte Wolkenbruch dieser Regenzeit über der kleinen Stadt Santa Monica, peitschte gegen die Lehmwände, trommelte auf die Dächer, wälzte braune Fluten durch die Straßen, ließ den Fluss bedrohlich anschwellen.

Aber schon am späten Nachmittag war das Wasser wieder abgeflossen, hatte die Sonne die Dächer, Wände und Straßen getrocknet. Nichts Besonderes, eben Regenzeit: Jeden zweiten oder dritten Tag ein Wolkenbruch, eine halbe Stunde später wieder Sonne. Und die letzte Schüssel Wäsche, die Marta nach dem Regen aufgehängt hatte, war schon wieder fast trocken.

3

Am Abend, nach dem Geschirrwaschen und Kinderbaden, traf sich, wie fast jeden Tag, eine ganze Schar von Dienstmädchen auf der Plaza. Es war eine große quadratische Plaza wie in allen diesen kleinen Städten auf dem

Lande, umrahmt von der grellweißen Kirche, dem Pfarrhaus samt Nonnenkloster, das auch eine Mädchenschule beherbergte, der Polizeistation samt Gefängnis, von zwei Bankfilialen, dem Rathaus (mit falscher Fassade) und einer Reihe von Läden. Staubüberpudert waren die Spaliere gedrungener Palmen, die die Plaza spärlich beschatteten. Die Wagen und Karren, die das Quadrat umfuhren, wirbelten immer neue Staubwolken auf, wenn es nicht gerade geregnet hatte. Den sonnenversengten Rasen, der gesprenkelt war von Kippen, Flaschenscherben und Papierresten, grenzten Blumenrabatten ab, um die sich ein schlecht bezahlter Gärtner kümmerte. Hunde pissten hinein, Kinder sprangen darauf herum, und wenn es Hunde und Kinder angesehener Leute waren, wagte der Gärtner nicht, sie zu verjagen. Steinerne Bänke standen entlang der Kieswege, die die Diagonalen der Plaza bildeten. Rhododendron- und Hibiskusbüsche verbargen Liebende, Bettler und Betrunkene. Unrat umrahmte die Bänke, Hundekot verunzierte die Wege – eine verwahrloste Plaza, die für diese kleine Stadt viel zu aufwändig angelegt worden war und nun nicht in Ordnung gehalten werden konnte.

Und doch liebten die Bürger von Santa Monica ihre Plaza, sie waren stolz auf sie. Denn sie war um ein paar Quadratmeter größer als die der Nachbarstädtchen, und außerdem erhob sich in der Mitte, wo sich die Diagonalwege trafen, das Denkmal General Morázos, von dem die Kinder in der Schule lernten. Dieses Denkmal hatte vor einem halben Jahrhundert irgendein reicher Bürger gestiftet, dessen Name fast so groß wie der des Helden auf dem

Sockel verewigt war. Aber die Dienstmädchen konnten nicht lesen wie die meisten Armen der Stadt, und wenn sie sich auf der Plaza trafen, dann auch nicht rund um das Denkmal, das ihnen gleichgültig war, sondern auf den Bänken oder, wenn sie besetzt waren, zwischen dem Gebüsch auf dem Rasen. Wenn sie sich trafen, war es schon dunkel. Auch die wenigen Laternen, die die Kieswege fahl erleuchteten, ließen nichts Genaues erkennen, und so fühlten sich die Mädchen sicher. Hier waren sie unter sich, hier brauchten sie keine Kränkungen zu schlucken, brauchten nicht demütig zu tun und dankbar zu sein. Hier waren sie die, die sie waren. Die verhassten weißen Schürzen blieben daheim.

Ja, auf die Plaza trugen die Mädchen ihr Schönstes: neue Ohrgehänge aus Glas, die sie von ihrem spärlichen Lohn auf dem letzten Wochenmarkt erstanden hatten, Perlentäschchen mit Handspiegeln darin, Geschenke von ihren Geliebten und Verlobten, silberne und goldene Stöckelschuhe aus dem Trödlerladen, wo es Kleider und Schuhe aus zweiter Hand zu kaufen gab.

Oh ja, die Dienstmädchen wollten auch schön sein, dafür sparten sie sich einen guten Teil ihres Lohnes zusammen, und die, die noch keinen Lohn bekamen, wühlten sich wenigstens die abgenutzten Lippenstifte und Puderdosen ihrer Señoras aus den Abfallkübeln der Badezimmer. Damit zauberten sie sich Gesichter, wie sie sie im Kino sahen: zarte weißhäutige Damengesichter mit knallroten, feucht schimmernden Lippen, umrahmt von kunstvollen Frisuren, die sie sich gegenseitig steckten und wickelten, flochten und auftürmten.

Die Neuen, die gerade erst vom Land gekommen waren, bestaunten die Stadtmädchen ehrfürchtig und gierten danach, in die Geheimnisse der Kosmetik und der Frisierkunst eingeweiht zu werden.

Da saßen nun die ersten Dienstmädchen des Abends dicht gedrängt auf einer der Parkbänke. Auch die gegenüberstehende Bank füllte sich stetig. Halblautes Geflüster schwirrte hin und her. Wer noch später dazukam, musste stehen bleiben, wenn er zuhören und mitflüstern wollte, denn die nächsten Bänke waren zu weit entfernt.

»Habt ihr schon gehört? Marta ist entlassen …«

Ja, sie hatten es alle schon gehört und waren empört.

»Sie sitzt bei meiner Mutter und heult«, berichtete Inez. »Sie soll nach Andagoya hinauf, aber sie will nicht.«

»Arme Marta«, sagte Rita. »Gerade der musste so was passieren. Die traut sich doch nicht einmal, einen Schatten zu werfen. Eine Niederträchtigkeit, was sich die Gonzalez da geleistet hat. Und ich wette, die fühlt sich noch im Recht. Außer der Lucrecia hält es dort ja auch kaum eine lange aus. Spätestens alle zwei Jahre fliegt eine raus oder läuft weg. Mich wundert, dass Marta überhaupt so lange bei ihr geblieben ist.«

»Doña Natalia würde sogar ihren Schutzengel feuern, wenn der sich erlauben würde, Lohn zu fordern«, sagte Yolanda.

»Und wenn Marta zu einem Advokaten ginge, würde er nur mit den Schultern zucken, und selbst das müsste sie noch bezahlen, was sie natürlich nicht könnte«, sagte Ermengilda.

»Man müsste bei Nacht über die Gonzalez herfallen und sie verhauen«, rief Luz. »Von wegen der Gerechtigkeit für Marta!«

»Wer ist das, diese Marta?«, fragte die Neue vom Arzt. »Und was hat man ihr angetan?«

Ja, die Neue war das zweite aufregende Ereignis dieses Abends. Sie war zwar schon eine ganze Woche in der Stadt, aber heute war sie zum ersten Mal auf die Plaza gekommen. Die ihr bisher begegnet waren und sie beschrieben hatten als etwas Besonderes, hatten Recht: Susana sah nicht aus wie ein Dienstmädchen, sondern eher wie eine Señora. Es hieß, sie könne lesen und schreiben und bekomme einen Lohn, von dem kein einziges Dienstmädchen in Santa Monica auch nur zu träumen wagte. Die Bürger von Santa Monica und der Umgebung der Stadt waren froh, dass sie endlich einen neuen Arzt hatten. Denn von den beiden früheren Ärzten der Stadt war der eine schon vor einem Monat hinaufgezogen nach Andagoya. Der andere, fast siebzig Jahre alt, wollte sich zur Ruhe setzen. Er war nur noch zu Vertretungen bereit. Es hatte sehr große Mühe gekostet, einen neuen Arzt zu finden, der bereit war, auf dem Land zu arbeiten, in einer so kleinen, langweiligen Stadt, die fast niemand kannte. Aber nun war vor einer Woche endlich ein Arzt mit seiner Frau, seinen zwei kleinen Kindern und seinen Eltern aus Andagoya heruntergekommen, und mit ihnen die Neue, Susana. An diesem Abend hatte das Dienstmädchen Flor es gewagt, sie über die Gartenmauer anzusprechen und zu einem Bummel auf die Plaza einzuladen, und sie hatte wirklich zugesagt und war mitgekommen.

Zweiundzwanzig Jahre war Susana alt. Sie lachte und sagte: »Warum starrt ihr mich alle so an?«

»Ist es wahr«, wagte Marina zu fragen, »dass du zweihundert Cruces im Monat verdienst?«

»Stimmt«, antwortete Susana.

»Glaube ich nicht«, sagte Yolanda, eine überaus misstrauische Indianerin, die Dienstmädchen im Hause des Bürgermeisters war.

»Wie hast du das angefangen?«, fragte Marina.

»Ich mache den ganzen Haushalt«, antwortete Susana. »Meine Señora hilft ja in der Praxis mit. Da sind doch zweihundert Cruces nicht zu viel, oder? Bei zwei kleinen Kindern und den alten Leuten?«

»Bei uns hier«, sagte Ermengilda, während sie mit ihren großen Zehen Kreise in den Sand zeichnete, »ist der höchste Lohn, den man erreichen kann, einhundertzwanzig Cruces, und das kriegen, soviel ich weiß, auch nur zwei: Perpetua, eine sehr gute Köchin, und Petronila, die einem Witwer Haushalt und Kinder versorgt. Wer hundert Cruces bekommt, kann glücklich sein. Hundert kriegen nur die, die schon lange in einer Familie dienen. Die sozusagen schon zum Haus gehören, weil sich die Familie an sie gewöhnt hat. Lucrecia, Doña Natalias Köchin, die anerkannt beste Köchin in der Stadt, erhält aber nur neunzig.«

»Also stimmt es doch«, sagte Susana, »was in Andagoya über die Löhne auf dem Land erzählt wird. Ich hab's nicht glauben wollen.«

»Und du kannst wirklich lesen und schreiben?«, fragte Luz, eine Negerin aus dem nächsten Dorf am Fluss, die schon dreißig Jahre alt war und zwei uneheliche Kinder hatte, die draußen in Barranca von ihrer Mutter aufgezogen wurden.

»Kann ich«, sagte Susana. »Schon meine Mutter hat gewollt, dass ich zur Schule gehe. Sie hat immer gesagt, Lesen und Schreiben macht sich bezahlt. Was du einmal gelernt hast, kann dir keiner nehmen. Mein Vater war bei der Müllabfuhr, bis er überfahren wurde und starb. Reichtümer hat er bei dieser Arbeit nicht sammeln können, aber beim Müll findet man vieles, was sich zu Geld machen lässt. Und so wurde schon für die Schule gespart, bevor ich alt genug für sie war. Als dann der Vater tot war, hat meine Mutter Maistaschen und Hörnchen gebacken, und meine drei Brüder und ich haben sie ausgetragen und verkauft. Meine Brüder sind alle zur Schule gegangen. Sie war gleich in der Nähe, eine von den billigen, staatlichen Schulen. Dafür saßen sie da drin aber zu dritt in den Zweierbänken, und wenn es geregnet hat, dann hat es ihnen in die Hefte getropft. Aber die Hauptsache war, dass meine drei Brüder dort schreiben und lesen gelernt haben. Es hat sich bei ihnen wirklich ausgezahlt: Der eine ist Hausmeister, der andere Briefträger, der dritte Arbeiter in einer Möbelfabrik. Sie kennen sich mit den Formularen aus und begreifen das, was sie unterschreiben müssen. Aber als ich in die Schule eintreten sollte, ist meine Mutter krank geworden, und da hat mich eine Nachbarin zu sich genommen. Die hat mich nicht in die Schule gehen lassen. Sie hat gesagt, Mädchen hätten das nicht nötig, die würden sich ja doch mit einem Mann zusammentun, und es würde genügen, wenn dann der Mann lesen und schreiben könne. Als meine Mutter nicht mehr auf die Beine kam, hat mein ältester Bruder mich von der Nachbarin weggeholt und zu den Doktorsleuten gebracht, sobald ich alt genug war um in den Dienst zu gehen. Nach ein paar Wochen hat Alfredo gesagt: So ein kluges Mädchen wie du, Susana, kann nicht lesen und schreiben? Das muss anders werden! Also hat er mich in einen Abendkurs für Analphabeten geschickt, der war nicht teuer, und er hat ihn auch bezahlt, und nach einem knappen halben Jahr konnte ich lesen und schreiben. Ich kann jedes Plakat lesen und die Zeitung. Meinen Brüdern schreibe ich jeden Monat einen Brief und meiner Mutter alle vierzehn Tage, mit Adresse und Absender, und es ist noch keiner verloren gegangen. Sie kann die Briefe selber lesen, denn seit mein ältester Bruder eine Familie hat und sie zu sich genommen hat, ist sie wie wild darauf gewesen, sich das Lesen selber beizubringen. Sie hat ja jetzt Zeit. Sie kann die Beine nicht mehr bewegen. Aber ihre Gedanken sind noch ganz wach, und sie ist schon immer sehr zäh gewesen. Was sie sich in den Kopf setzt, das schafft sie auch meistens.«

»Toll«, seufzte Maribel, die kleine Kraushaarige. »In der Großstadt ist eben alles leichter, auch das Lesen. Wenn man wenigstens die Kinoplakate lesen könnte!«

»Rebeca hat mir sogar Bücher zu lesen gegeben«, sagte Susana, »darunter hat mir eins besonders gefallen. Es war voller Fotos von anderen Ländern, und was es da zu sehen gab, war ganz genau erklärt.«

»Hier auf dem Land ist alles anders«, sagte Josefina. »Für die ganz Armen gibt es keine Schulen, und draußen auf den Dörfern, wo die meisten von uns herkommen, schon gar nicht, und Abendkurse für Analphabeten werden auch nicht abgehalten.«

»Wer hätte schon Interesse an solchen Kursen, außer uns?«, fragte Yolanda. »Unseren Herrschaften ist es doch gerade recht, wenn wir uns nicht wehren können.«

»Also da ist Alfredo ganz anders«, sagte Susana. »Wehr dich, sagt er immer zu mir, lass dir nichts gefallen. Du bist genauso wichtig wie der Präsident.«

»Sagst du etwa ›Rebeca‹ zu deiner Señora und ›Alfredo‹ zu deinem Señor?«, fragte Inez erstaunt. »Ohne Doña und Don?«

»Sie wollen kein Don und Doña hören«, antwortete Susana. »Sie sagen, das sei ein alter Zopf.«

»Mein Gott«, seufzte Luz, »halte dir bloß diese Herrschaften warm, du weißt ja gar nicht, was du an ihnen hast!«

»Das weiß ich wohl«, sagte Susana. »Aber die wissen auch, was sie an *mir* haben. So was wie mich, sagt Rebeca, gibt es kein zweites Mal. Die sind schon mal drei Monate nach Europa gefahren und haben mir die Kinder und die Wohnung anvertraut, und es ist alles gut gegangen.«

»Und du hast sie nie, nie beklaut?«, fragte Ermengilda. »Auch nicht ein winziges bisschen?«

»Hab ich nicht nötig«, antwortete Susana stolz. »Was ich brauche, kaufe ich mir. Dafür reicht's, auch wenn ich meiner Mutter jeden Monat einen Teil von meinem Lohn abgebe.«

»So eine Ehrlichkeit kann ich mir nicht leisten«, seufzte

Ermengilda. »Bei fünfzig Cruces! Und die meisten, die noch nicht sechzehn sind, kriegen überhaupt keinen Lohn, die arbeiten nur für Kost und Bett. Was bleibt denen anderes übrig, als ab und zu mal hinzulangen?«

»Was?«, rief Susana. »Gar keinen Lohn? Da würde ich aber den Mund aufmachen. Ich würde schreien und schimpfen, dass man mich meilenweit hören könnte – so lange, bis ich meinen Lohn ausgezahlt bekäme!«

»Wie du dir das vorstellst«, sagte Yolanda mit herabgezogenen Mundwinkeln. »Schreien und schimpfen! Die Señora wirft dich hinaus und schlägt lächelnd die Tür hinter dir zu, und dann lässt sie dich seelenruhig auf der Straße schreien und schimpfen. Wenn du's zu toll treibst, dann ruft sie die Polizei. Die sorgt schon dafür, dass du aufhörst zu schreien, oder du schreist unfreiwillig. Unsereiner hat einfach nichts zu wünschen und zu wollen. Er hat bescheiden zu bleiben.«

»Es ist doch unser gutes Recht, für unsere Arbeit Lohn zu bekommen«, sagte Susana.

»Aber wer verhilft uns zu unserem Recht?«, fragte Yolanda. »Die Señoras drehen das Recht immer so, dass sie es auf ihrer Seite haben. Wir haben kein Geld, zu einem Anwalt zu gehen. Das wissen sie ganz genau. Wir müssen uns unser Recht hintenherum nehmen. Also klauen wir, wenn wir zu knapp im Lohn gehalten werden. So machen wir's.«

Ein paar Mädchen klatschten.

»Nach Andagoya müsste man gehen«, seufzte Rita sehnsüchtig, »wenn es dort so ist, wie du sagst.«

»Ich will nicht behaupten, dass es dort *allen* so gut geht

wie mir«, sagte Susana. »Ich glaube, viele werden sehr ausgenutzt, vor allem die vom Land, denen am Anfang in der Stadt alles fremd ist und die erst lernen müssen, sich zu wehren. Aber die Señoras sind dort schon vorsichtiger geworden und wir wissen das.«

»Was nutzt *uns* das?«, fragte Flor verdrossen. »Bei uns hat sich noch nichts geändert. Das sieht man doch an Martas Pech.«

»Was ist denn los mit dieser Marta?«, rief Susana. »Immer sprecht ihr von ihr!«

Josefina erzählte.

4

Als sie mit dem Bericht zu Ende war, starrten alle Mädchen erwartungsvoll Susana an, denn dieser Fall war aussichtslos, das war sonnenklar, und es würde Susana nichts übrig bleiben, als dies zu bestätigen, denn Doña Natalia war hart und saß am längeren Hebel.

»Das ist ja unerhört«, sagte Susana. »Und das lasst ihr euch gefallen?«

»Wieso *wir*?«, fragte Luz verblüfft. »Doch nur Marta ist gefeuert worden.«

»Aber das geht euch alle an!«, rief Susana zornig. »Heute ist es Marta, morgen kann es eine andere sein. Wenn es Marta allein nicht schafft, müssen wir ihr alle beistehen. Versteht ihr das nicht? Es wäre doch gelacht, wenn man mit dieser Doña Natalia nicht fertig würde!«

»Du kennst sie nicht«, sagte Josefina. »Nicht einmal die anderen Señoras würden sich trauen, sie zu verärgern. Sie hat eine spitze Zunge, und es heißt, sie hat überall Bekannte.«

»Ach was«, sagte Susana, »wir werden es schon schaffen, dass ihre spitze Zunge schlaff wird. Wir werden ihre Bekannten gegen sie hetzen. Sie muss Marta mindestens für ein volles Jahr den Lohn nachzahlen, und wenn Marta das will, muss sie sie wieder einstellen.«

»Das schaffst du nie!«, riefen mehrere zugleich.

»Pst«, flüsterte Josefina nervös, »es könnte uns jemand hören …«

»Allein schaffe ich's nicht«, sagte Susana, »aber wenn alle zusammenhalten und mitmachen, müsste es eigentlich klappen. Ihr habt es nur noch nicht probiert.«

»*Gegen* die Señoras?«, rief die kleine Maribel erschrocken.

»Natürlich gehört ein bisschen Mut dazu«, sagte Susana. »Aber zur Belohnung könnt ihr dann vielleicht sehen, wie Doña Natalia und mit ihr alle Señoras ganz klein und bescheiden werden. Oder wollt ihr Marta doch lieber sitzen lassen?«

Nein, das wollte niemand. Alle hatten Marta gern, jede entdeckte jetzt Sympathie für sie, die eine von den Stillen, immer Freundlichen war.

Und alle waren gespannt, wie Susana einen solchen ungeheuerlichen Plan verwirklichen wollte.

»Probieren wir's«, sagte Susana. »Aber wir müssen uns ganz aufeinander verlassen können, hört ihr? Sonst wird es nichts. Zum Glück haben wir Alfredo und Rebeca. Die halten auch zu uns, das kann ich euch jetzt schon versprechen.«

»Deine Herrschaften?«, fragte Inez erstaunt.

»Die sind anders als die anderen«, sagte Susana. »Sogar anders als die Reichen in Andagoya. Das kommt, weil Rebeca selber Dienstmädchen gewesen ist.«

»Und er?«, fragte Lola.

»Er war ein Reicher«, sagte Susana. »Aber er kann die Reichen selber nicht mehr leiden. Er wird für uns tun, was er kann.«

»Aber das sag ich dir«, rief Luz, »wenn die Sache trotzdem schiefgeht und wir nur Schaden davon haben, dann vertrimmen wir dich nach Strich und Faden, und dabei halten wir auch zusammen, darauf kannst du dich verlassen!«

»Gut«, sagte Susana und lachte. »Einverstanden. Du, Inez, sagst Marta, dass sie noch hierbleiben und abwarten soll. Und ihr Übrigen sprecht mit denen, die heute Abend nicht hier waren. Wir dürfen keine Zeit verlieren. Morgen Abend treffen wir uns alle und besprechen, was wir tun wollen. Aber nicht hier. Wir dürfen nicht belauscht werden. Der Plan muss geheim bleiben.«

»Wie wär's bei eurer Mutter?«, fragte Rita und wandte sich an Inez und Maria, die Töchter der Waschfrau.

Maria begriff nicht so schnell, sie hatte einen schwerfälligen Verstand.

Inez schüttelte den Kopf und sagte: »Wenn's gegen die Reichen gerichtet ist, macht meine Mutter bestimmt nicht mit. Sie ist gegen jeden Aufruhr.«

»Wir brauchen einen geschlossenen Raum«, sagte Susana. »Im Freien kann jeder mithören.«

»Kommt zu uns«, rief Maribel, die kleine Kraushaarige, deren Mutter Indianerin, ihr Vater Mulatte war. »Mein Bruder ist doch Busfahrer, und abends lässt er den Bus immer neben unserer Hütte stehen, bis zum nächsten Morgen. Sein Boss hat nichts dagegen, denn mein Bruder bindet jede Nacht unsere drei Hunde an den Bus.«

»Da gehen wir doch nicht alle rein«, rief jemand.

»Es ist ein ganz großer«, sagte Maribel. »Wenn wir uns zusammendrängen, geht das schon.«

»Und wenn uns jemand fragt, was wir da drin machen?«, fragte Marina.

»Hat nicht jemand von euch noch in dieser Woche Geburtstag?«, fragte Rita.

Eine ganz Junge meldete sich. Lola hieß sie und war erst dreizehn Jahre.

»Wir beraten also morgen Abend über eine Geburtstagsüberraschung, ist das klar?«, fragte Susana.

Alle nickten.

»Flor«, sagte Susana. »Ich kenne mich hier noch nicht aus. Holst du mich morgen Abend ab?«

Mit aufgewühlten Gedanken kehrten die Mädchen in die Häuser ihrer Herrschaften zurück. Nur Maribel lief heim, und Inez huschte noch schnell bei ihrer Mutter vorbei, die unter einer fahlen Glühbirne bügelte, und fragte: »Wo ist Marta?«

»Sie schläft schon«, sagte die Mutter. »Wieso kommst

du so spät noch her? Du wirst deine Señora verärgern. Schau, dass du in deine Kammer kommst!«

»Sag der Marta morgen Früh, dass sie nicht wegfahren soll«, flüsterte Inez. »Sie soll hier noch ein paar Tage abwarten. Vielleicht wird noch alles gut für sie.«

»Wo kommst du denn jetzt her?«, fragte die Mutter und warf Inez einen scharfen Blick zu.

»Von der Plaza«, antwortete Inez. »Wo wir uns abends immer treffen. Das weißt du doch.«

»Aha«, sagte die Mutter. »Also habt ihr was ausgeheckt. Wenn ich dir einen Rat geben soll, Tochter, dann halt dich da raus. Ihr werdet nur Ärger ernten. Und du weißt, wie schwer es ist, eine gute Stellung zu finden. Die Reichen sind nun einmal die Mächtigen, damit muss sich unsereiner abfinden. Das steht ja auch schon in der Bibel, dass man der Obrigkeit untertan sein soll. Wir sind als Arme geboren, daran ist nichts zu ändern. Für uns bleibt das Leben auch weiterhin so, wie es immer gewesen ist. Man muss sehen, wie man durchkommt. Und komm nicht auf die Idee, noch heimlich in den Verschlag zu kriechen, um Marta zu sagen, sie soll hierbleiben. Gleich morgen Früh werde ich sie einem Lastwagenfahrer mitgeben, wenn ich einen finde. Und wenn er es nicht umsonst machen will, werde ich ihm was von meinem Ersparten in die Hand drücken. Einen anderen Weg gibt es nicht. Übrigens werde ich ihr deine alten Sandalen geben, die dir zu klein sind. Sie hat sehr kleine Füße. Man kann sie ja nicht barfuß in die Stadt fahren lassen.«

»Sei kein Spielverderber«, sagte Inez ärgerlich, »sonst kommen die Mädchen nicht mehr zu dir.«

»Ich brauche sie nicht«, antwortete Inez' Mutter hart. »Ich wasche. Aber die brauchen *mich*!«

»Wenn du dich schon dagegenstellst«, rief Inez zornig, »dann halte wenigstens dicht!«

»Ist es nötig, dass du mir das sagst?«, rief die Mutter empört. »Hab ich jemals nicht dichtgehalten?«

»Und die Marta bleibt da!«, rief Inez.

»Die Marta fährt ab, möglichst noch morgen Früh!«, rief die Mutter. »Ich selber bringe sie weg!«

Wutentbrannt rannte Inez hinaus und schlug die Tür hinter sich zu.

Aber als Inez' Mutter in der ersten Morgendämmerung nach Marta rief, antwortete ihr niemand.

»Marta!«, rief sie lauter. »Es muss sein – sonst sind die Lastwagen längst davon!«

Sie erhielt keine Antwort. Als sie den Kopf in den Verschlag steckte, war die Hängematte leer. Marta war barfuß davongelaufen.

»Dummes Ding!«, schimpfte Inez' Mutter.

5

Marta war als kleines Kind immer barfuß gelaufen, aber während der letzten zweieinhalb Jahre hatte sie Schuhe oder Pantoffeln tragen müssen. Doña Natalia hatte es so gewollt. »Was denken sonst die Leute von meinem Hause?«, hatte sie gesagt. »Als ob wir uns nicht einmal Schuhe für unsere

Dienstboten leisten könnten! Außerdem laufen zivilisierte Menschen nicht barfuß.«

Die Füße wurden Marta bald wund, als sie auf ihr Heimatdorf zulief. In Los Palitos hatte sie gelebt, bis sie zu Doña Natalia gekommen war. Sie war ein uneheliches Kind, und ihre Mutter war Dienstmädchen in Santa Monica gewesen, bis sie mit ihren Herrschaften in die Hauptstadt Andagoya gegangen war. Von dort kam dann nur noch die Nachricht, dass sie beim Milchholen von einem Bus überfahren und auf Kosten der Herrschaften begraben worden sei.

Das Kind Marta hatte nicht bei seiner Mutter sein dürfen und so war es bei den Großeltern in Los Palitos aufgewachsen.

Von Santa Monica bis Los Palitos ging man drei Stunden zu Fuß. Das Dorf lag am Hang des Hügels. Es bestand aus ein paar Hütten, die von Gärten und Mais- und Yuccafeldern umgeben waren, und hatte nur einen einzigen Brunnen, aus dem alle Bewohner ihr Wasser schöpften.

Ringsum auf den Hügeln wuchs dorniges Gestrüpp, und das Gras verdorrte in der Trockenzeit. Bevor die nächste Regenzeit wieder einsetzte, magerten die Ziegenherden jämmerlich ab.

Mit vier Jahren hatte Marta den Großvater verloren. Drei Jahre danach starb die Großmutter. Marta wurde von da an im Dorf herumgegeben, bis sie alt genug war, sich selbst zu erhalten. Eine Frau aus dem Dorf brachte sie dann nach Santa Monica, in die Stadt, die für die Dörfler die Welt bedeutete. Sie trottete mit ihr von Tür zu Tür und bot sie an.

Marta war ja noch ein halbes Kind und versteckte sich schüchtern hinter dem Rücken der Frau. Diese Schüchternheit gefiel Doña Natalia. So war es gekommen, dass Marta Dienstmädchen bei Doña Natalia geworden war, nur für Kost und Bett, versteht sich, und für abgelegte Kleider.

Während der ersten Wochen hatte Doña Natalia wirklich viel Ärger mit dem scheuen Ding gehabt, das dauernd mit einem verheulten Gesicht herumlief und nicht einmal die Treppe hinauf- und hinunterzusteigen verstand, weil es in ganz Los Palitos keine Treppen gab. Marta hatte Angst gehabt: vor dem Wasser, das hier plötzlich aus der Wand lief, wenn man an einem Rädchen drehte; vor dem Klosett, in dem es fürchterlich rauschte und schäumte, wenn man auf einen Hebel drückte; vor dem Kasten, aus dem unerklärlicherweise Musik drang, obwohl er doch so klein war, dass darin unmöglich lebendige Musiker sitzen konnten, und vor dem Staubsauger, der brummte und aufjaulte wie ein wildes Tier. Man musste ihr auch alles beibringen! Nicht einmal mit einem Fleischwolf konnte sie umgehen, und mit der Schuhwichse beschmierte sie sich bis zu den Ellbogen. Sie begriff nicht, wie der elektrische Herd funktionierte, und suchte vergeblich nach dem Feuer, das doch unter einem Suppenkessel flackern musste, wenn er heiß werden sollte. Sie konnte die Zeit nicht von der Uhr ablesen. Sie hatte daheim nur gelernt, sie vom Stand der Sonne abzuschätzen. An die Sandalen, die Doña Natalia ihr gab, konnte sie sich lange nicht gewöhnen, und wenn ihr die Nase lief, ließ sie sie laufen. Doña Natalia ließ ihr auch die Haare gleich am ersten Tag bis auf die Kopfhaut abrasieren, denn Marta hatte Läuse. Und sie schickte sie zum Zahnarzt, dem Marta vor Schreck in den Finger biss. An den Masern, die sie von Doña Natalias Kindern bekam, starb sie fast. Tagelang lag sie mit hohem Fieber in der Mädchenkammer hinter der Küche, nur die Köchin schaute ab und zu herein und gab ihr zu trinken.

»Man hat wirklich seine Last mit so einem primitiven Wesen«, hatte Doña Natalia ihren Freundinnen geklagt.

»Warum nimmst du dann nicht eine, die sich schon in allem auskennt?«, hatte ihre Nachbarin gefragt.

»Weil die schon verdorben ist, wenn ich sie aus zweiter Hand bekomme«, war Doña Natalias Meinung. »Es ist mit den Dienstmädchen wie mit den Hunden: Wenn man sie so abrichten will, wie man sie haben möchte, muss man sie zu sich nehmen, wenn sie noch ganz jung sind.«

Nach einem halben Jahr hatte sich Marta an dieses neue Leben gewöhnt. Sie lief nicht mehr mit verweintem Gesicht herum und hatte keine Angst mehr vor dem Staubsauger. Sie ließ ihn jetzt selber aufheulen und brummen und konnte den Fleischwolf ganz allein zusammensetzen und leiern. Es zeigte sich, dass sie schnell begriff. Sie lernte die Uhrzeit ablesen und genau darauf zu achten, dass beim Einkauf das Wechselgeld stimmte. Sie erkannte, dass der elektrische Strom ein geheimnisvolles Etwas war, das man nicht sah, obwohl er Herdplatten erhitzen und Glühbirnen scheinen lassen konnte. Sie lernte alle Arbeiten im Haus und schaute der Köchin beim Kochen zu.

Nach einem halben Jahr hatten ihr Doña Natalia und die Köchin beigebracht, was ein gutes Dienstmädchen wissen und beherrschen musste. Von da an machte Marta die Hausarbeit allein. Wenn die Köchin Ausgang hatte, kochte sie sogar. Wurde sie gelobt, so strahlte sie, und wenn Gäste kamen und ihr ein Trinkgeld zusteckten, war sie ganz verwirrt.

»Na ja, sie ist nicht die Schlechteste«, pflegte Doña Natalia zu sagen, wenn jemand sie nach ihrem Dienstmädchen fragte. »Ich hab sie mir erzogen, wie ich sie haben wollte. Noch ist sie willig.«

Marta schleppte sich auf wunden Füßen durch das Dorf San Benito, das auf halbem Wege lag. Die Pfützen vom letzten Regen waren schon wieder getrocknet, Schlamm klebte zwischen Martas Zehen. Wie empfindlich waren doch ihre Füße geworden! Sie spürte jeden Stein, der Schotter machte ihr zu schaffen, und wich sie auf das Gras neben dem Weg aus, so stachen sie die harten Stängel der abgeweideten Fläche und die Disteln, die den Weg säumten.

»Bist du nicht aus Los Palitos?«, fragte eine alte Frau in San Benito. »Komm herein und trink einen Becher voll Wasser, bevor du weitergehst. Du siehst ja ganz elend aus.«

Aber Marta dankte nur und schleppte sich weiter, sie hatte Angst, die Waschfrau könne sie verfolgen und zurückholen, um sie doch noch nach Andagoya zu schicken, wo alle Gesichter fremd waren und es so viele Wagen und Busse gab, dass man nicht einmal die Straße überqueren konnte, ohne den Tod zu riskieren.

»Meine Güte«, sagte ein alter Eseltreiber, der Marta einholte. »Wo willst du hin mit deinen kaputten Füßen?«

»Nach Los Palitos«, seufzte Marta.

»Das ist noch eine gute Stunde weit, wenn du so langsam schlurfst«, schnarrte der Alte. »Du wirst dort auf den Knien ankommen.«

Marta nickte und ließ den Kopf hängen, aber sie blieb nicht stehen, sie bewegte sich weiter.

»Das kann man ja wirklich nicht mit ansehen«, knurrte der Eseltreiber und ließ sich von seinem Esel herabgleiten. »Los, steig auf.«

»Ich kann Ihnen aber nichts bezahlen«, sagte Marta kleinlaut.

»Gott wird's bezahlen«, sagte der Alte. »Mach schon.«

Er half ihr auf den Eselsrücken und führte das Tier am Zügel hinter sich her. So kamen sie in Los Palitos an. Dort stieg Marta ab und der Alte zog weiter.

»Ach du lieber Gott, ist das nicht Marta?«, rief eine Frau aus einer Fensterluke. »Die Marta kommt!«

Marta rief dem Alten einen Dank nach, dann sah sie sich um. Kinder kamen gelaufen und umringten sie. Auch die Frau, die sie als Erste entdeckt hatte, kam auf sie zu.

»Was soll das heißen?«, fragte sie. »Bist du von deiner Señora fortgelaufen?«

Marta schüttelte den Kopf, und Tränen schossen ihr in die Augen.

Jetzt kam noch eine zweite Frau gelaufen – jene, die sie damals nach Santa Monica gebracht hatte.

»Bekommst du etwa ein Kind?«, rief sie.

»Sie hat mich fortgejagt!«, schluchzte Marta.

»Warst du nicht fleißig?«, fragte die zweite Frau mit einer Falte zwischen den Augen. »Oder hast du gestohlen?«

»Ich habe um Lohn gebeten!«, heulte Marta.

»Um Lohn gebeten?«, fragte die Erste entsetzt. »Du bist doch noch keine sechzehn! Konntest du nicht zufrieden sein mit Kost und Bett? Du hast doch genug gehabt zum Leben! Jetzt hast du dich durch eigene Schuld in eine solche Lage gebracht. Glaubst du, wir können dich hier durchfüttern? Du bist erwachsen. Hier sind eine ganze Anzahl von Kindern auf die Welt gekommen, seit du fortgegangen bist. Wir wissen kaum, wie wir die durchbringen sollen, in diesen elenden Zeiten. Und mein Mann und noch zwei andere aus dem Dorf sind hinunter an die Küste, um dort Geld zu verdienen, und kommen nicht wieder.«

»Eine Nacht kannst du hierbleiben, um deiner Großmutter willen«, sagte die Zweite. »Sie hat mir oft geholfen. Aber morgen musst du wieder fort. Sieh du nur zu, wie du dich aus dieser beschissenen Lage allein herausrappelst.«

Marta verkroch sich in eine Ecke der Hütte, aber noch dort drängten sich die Dorfkinder neugierig um sie und begafften sie.

»Rausgeworfen«, flüsterten sie sich zu, stießen sich an und kicherten. Und eine Dreizehnjährige fragte hastig nach Namen und Adresse von Martas Señora.

»Sie hat schon eine Neue«, sagte Marta müde.

Am nächsten Morgen wanderte sie also nach Santa Monica zurück. Niemand winkte ihr, keines der Kinder lief ihr nach. Man war froh, dass man sie los war: ein Esser zu viel.

Für das Dorf war sie eine Fremde geworden.

Diesmal fand sich kein Eseltreiber, der sie aufsitzen ließ. Der Schlamm war inzwischen getrocknet und hatte schon wieder Sprünge und Risse. Nur wo sich Sand oder Staub angesammelt hatte, war der Weg weich. Mit blutenden Füßen kam Marta erst am Nachmittag in Santa Monica an, und weil sie nicht wusste, wo sie hinsollte, kauerte sie sich auf die Gartenmauer vor Doña Natalias Haus, das in den letzten Jahren ihre Heimat gewesen war.

Als Doña Natalia sie durch das Küchenfenster entdeckte, schickte sie die Neue hinaus. Die stotterte schüchtern: »Du sollst hier weggehen, hat die Señora gesagt.«

»Ich geh schon«, antwortete Marta müde und erhob sich. Sie machte ein paar Schritte, dann drehte sie sich noch einmal um. »Du könntest mir einen Gefallen tun«, sagte sie. »Gib der Lala, dem jüngsten Fräulein, den Gürtel, den ich ihr geflickt habe, ja? Er muss in der Kammer auf dem Fensterbrett liegen. Sie wird ihn schon gesucht haben.«

Die Neue nickte. Als sie wieder ins Haus zurückhuschte, rief Marta ihr noch nach: »Und grüß die Köchin von mir.«

»Lucrecia?«, fragte die Neue schüchtern. »Ach ja, der tut's leid, dass du weg bist. Sie hat mir von dir erzählt.«

Marta erkannte, dass die Neue die Pantoffeln an den Füßen trug, die Doña Natalia ihr, Marta, am Vortag abgenommen hatte. Sie trottete bis zur Plaza und setzte sich dort auf eine schattige Bank. Aber um diese Zeit war hier kein Dienstmädchen. Die fuhren die Kinder erst nach der größten Hitze spazieren. So allein fühlte sie sich wie auf dem Pranger und verkroch sich zwischen die Hibiskusbüsche. Dort schlief sie ein. Ab und zu schnüffelten Hunde an ihr herum und einer leckte ihr das Gesicht.

6

»Du bleibst besser hier«, sagte die Köchin Lucrecia zu Lena, der Neuen, während sie sich zur Versammlung aufputzte. »Doña Natalia würde dir nie verzeihen, wenn du hingingest. Sie merkt alles und kriegt alles heraus. Ich hatte mal einen Freund, als ich noch jung war. Der war Verkäufer im Eisenwarenladen Donado. Wir wollten uns zusammentun. Aber sie hat nicht Ruhe gegeben, bis sie ihn mir ausgeredet hatte – nur damit ich bei ihr blieb. Denn sie weiß, was sie an mir hat. Wenn ich erst mal so alt bin, dass mir die Teller aus den Händen fallen, wird sie mich abschieben, ohne mit der Wimper zu zucken. Aber noch riskiere ich nichts. Es wäre mir ein Vergnügen, ihr mal eins auszuwischen, ohne dass ich ihre Rache fürchten müsste. Bleib du ruhig hier, ich erzähle dir hinterher alles.«

Der Bus war brechend voll. Sie saßen dicht gedrängt, sie standen im Gang, sie kauerten auf dem Boden, ja sie saßen einander auf dem Schoß. Sogar einige jener Mädchen, die Stellung suchten, waren gekommen.

Mehr als zwei Drittel aller Dienstmädchen Santa Monicas hatten sich eingefunden. Sechs waren krank, sieben lebten schon so lange mit ihren Herrschaften zusammen, dass sie sozusagen zur Familie gehörten und deshalb nicht aufmucken wollten, acht mussten daheimbleiben, weil die Herrschaften ausgegangen waren und Haus und Kinder nicht allein lassen wollten, eine war auf dem Land, weil sie ein Kind bekam, vier Neue, darunter die von Doña Natalia, wagten noch nicht auszugehen und acht waren ohne Grund ferngeblieben.

Das war ein Gelächter und Geschnatter im Bus! Noch nie vorher hatten sich so viele Dienstmädchen Santa Monicas an einem Platz versammelt. Hier, in diesem abgestellten Bus, waren sie unter sich, nur Mädchen und Frauen, und alle waren sie Dienstmädchen, Kindermädchen oder Köchinnen. Freundinnen winkten einander zu, Neue und Alte machten sich miteinander bekannt, Köpfe reckten sich und schauten nach Nachzüglern aus.

»Marta ist nicht da«, rief Lucrecia.

Vor dem Bus versammelten sich ein paar Kinder, und auch eine Gruppe junger Burschen stand mit den Händen in den Hosentaschen da und wunderte sich. Einer von ihnen, der als Spaßmacher bekannt war, wollte mit todernstem Gesicht den Bus besteigen.

»Nichts da«, sagte Maribels Bruder, der Busfahrer. »Das hier ist eine geschlossene Gesellschaft.«

»Nur lauter Frauen und Mädchen?«, rief der Spaßmacher.

»Was kann denn dabei schon herauskommen? Lasst uns hinein! Dann gibt es Leben in der Bude!«

»Hier bestimme ich«, sagte Maribels Bruder. »Eine hat Geburtstag, die soll überrascht werden. Das wird jetzt da drin besprochen. Dazu brauchen sie euch nicht.«

»Und welche ist es, die Geburtstag hat?«, fragte der Spaßmacher.

»Keine Ahnung«, sagte der Busfahrer. »Sie verraten mir

auch nicht alles. Aber warum soll man ihnen den Spaß nicht lassen? Sie haben ja auch kein leichtes Leben, ständig Ärger mit den Señoras.«

Darauf trollten sich die Zuschauer.

»Marta!«, rief es drinnen im Bus. »Wo ist Marta? Um die geht es doch!«

»Marta ist fort«, sagte Inez, die eben erst angekommen war. »Sie muss schon gegen Morgen davongelaufen sein. Sie wollte sich wohl nicht nach Andagoya schicken lassen.«

Alle sahen sich betroffen an. Hatte dann die ganze Aktion überhaupt einen Sinn? Man hatte ihr doch helfen wollen!

»Da kommst sie!«, rief Lola. »Da kommt sie ja!«

Nana hatte sie entdeckt, als sie sich vor der Versammlung noch einmal kurz mit ihrem Freund, einem Ladengehilfen, zwischen dem Gebüsch auf der Plaza getroffen hatte. Jetzt zog sie sie hinter sich her.

Marta machte ein verschlossenes Gesicht und ließ alles mit sich geschehen.

Die Mädchen winkten und begannen zu lärmen. »Marta, du Arme!«, riefen ein paar Stimmen.

»Komm her, setz dich auf meinen Schoß!«, rief Lucrecia.

»Hast du heute überhaupt schon etwas gegessen?«, rief Maribel.

»Bloß gefrühstückt«, stammelte Marta, erschrocken darüber, dass sie sich plötzlich im Mittelpunkt der Aufmerksamkeit befand.

»Was wird sie schon gegessen haben«, sagte Nana. »Sie war in ihrem Dorf, und von dort haben sie sie heute Morgen wieder zurückgeschickt. Vor lauter Kummer hat sie keinen Bissen heruntergebracht. War's nicht so, Marta?«

Marta schluckte und nickte.

»Hier hab ich zwei Bananen«, rief Ermengilda von hinten. »Geklaut, aber gut!«

Sie wurden über die Köpfe hinweg nach vorn gereicht.

»Das ist Marta«, sagte Rita zu Susana. »Um sie geht es.«

»Fein, dass du kommst«, sagte Susana und gab Marta die Hand. »Du bist hier die wichtigste Person.«

Marta zog den Kopf ein und senkte den Blick.

»Du brauchst nichts zu sagen«, flüsterte Rita. »Wir machen das schon. Setz dich zu Lucrecia auf den Schoß und iss die Bananen.«

»Ich hab dir auch zu essen mitgebracht«, raunte Lucrecia Marta zu, als die sich bis zu ihr durchgedrängt hatte. »Und auch ein paar Kleinigkeiten von deinen Sachen, die ich in unserer Kammer gefunden habe. Alles Übrige hat die Natalia in eine Tüte gestopft, die behält sie im Auge. Gestern wollte ich raus zu dir, als du auf der Mauer gesessen hast, aber sie hat mich nicht gelassen. Sie hat die Neue hinausgeschickt. Da, iss die Teigtaschen, ich hab heute Mittag ein paar mehr gemacht und sie versteckt. Würg nicht so. Wir lassen dich schon nicht hängen. Du siehst ja, ich hab mich extra wegen dieser Sache in mein Hellblaues gepresst. Sitz still, sonst krachen die Nähte.« Susana, die vorn auf dem Fahrersitz kniete und sich auf die Lehne stützte wie auf ein Rednerpult, zog an der Glocke, die über dem Rückspiegel hing, und sprach in die erwartungsvolle Stille hinein: »Guten Abend, liebe Kameradinnen …«

Es gab Gekicher.

»Ist was?«, fragte Susana.

»So hat uns noch niemand angeredet«, sagte Yolanda und prustete los.

»Still!«, riefen die anderen. »Red weiter!«

»Die meisten kennen mich ja schon«, sagte Susana. »Ich heiße Susana Saavedra und arbeite beim neuen Arzt. Ich bin der Meinung, hier muss sich einiges ändern, und als ich mit ein paar Frauen gestern Abend auf der Plaza darüber sprach, beschlossen wir, uns deswegen heute alle hier zu versammeln.«

Applaus unterbrach sie. Ungeduldig hob sie die Hand und zog wieder an der Glocke.

»Wir wollen keine Zeit verlieren«, fuhr sie fort. »Manche von euch dürfen nicht so lange wegbleiben. Also, es geht erst einmal um Marta, das wisst ihr ja schon. Ihr habt inzwischen alle erfahren, wie sie von ihrer Señora behandelt worden ist. Das können wir uns nicht gefallen lassen. Denn heute ist es Marta, morgen kann es jede andere sein. Marta hat fast zweieinhalb Jahre ohne Lohn für ihre Señora gearbeitet, und als sie jetzt um Lohn bat – ich sage ›bat‹, nicht ›forderte‹! –, ist sie vor die Tür gesetzt worden.«

»Pfui!«, riefen ein paar Stimmen.

»Geizkragen Natalia!«, schrie Luz.

»Ich werde meine beiden Brüder auf sie hetzen«, rief Ermengilda. »Sie werden den Gonzalez' in der Nacht die Scheiben einwerfen!«

»Nein«, sagte Susana. »Das führt zu nichts. Wenn wir so vorgehen, erreichen wir nur, dass die Reichen zu Doña

Natalia halten. Wir müssen aber gerade das Gegenteil erreichen: dass sie allein dasteht. Dass sie den Zorn der Reichen auf sich zieht.«

Die Zuhörerinnen starrten sie verblüfft an.

»Das erreichst du nie«, sagte Marina. »Die Reichen halten immer zusammen, wenn es gegen uns geht. Das ist doch altbekannt.«

»Das werden wir noch sehen«, sagte Susana. »Wenn wir zusammenhalten, sind wir stärker. Die brauchen uns nämlich. Da müssen wir ansetzen.«

Alle horchten gespannt auf.

»Wir werden streiken«, sagte Susana. Im Bus wurde es totenstill.

»Wie meinst du das?«, fragte Marina vorsichtig. Sie blickte sehr skeptisch.

»Das heißt«, erklärte Susana, »ab einer bestimmten Uhrzeit, zum Beispiel ab fünf Uhr morgens, arbeiten wir nicht mehr – nichts, keinen kleinen Finger rühren wir mehr! Kein Dienstmädchen, keine Köchin in Santa Monica arbeitet mehr!«

»Ja, aber wer soll denn dann die Arbeit tun?«, fragte Ermengilda verblüfft.

»Die Señoras«, antwortete Susana, »wenn sie ihre Familien und sich selber nicht verhungern oder im Schmutz ersticken lassen wollen. Sie müssen so lange die Hausarbeit allein erledigen, bis Doña Natalia der Marta ihren Lohn ausgezahlt hat, mindestens für das ganze letzte Jahr, und bis sie Marta, wenn die das überhaupt will, wieder in Dienst genommen hat. Wenn Marta nicht zu ihr zurückwill, muss sich eine andere Señora finden, die sie aufnimmt. So lange werden wir streiken.«

Einen Augenblick schwiegen die Zuhörerinnen überwältigt, dann brach ein Tumult los. Alle redeten, riefen, schrien durcheinander.

»Meine Señora und Windeln waschen!«, rief Rita kichernd. »Nicht auszudenken!«

»Da müsste Doña Mercedes ja die Straße kehren!«, rief Nana und schrie vor Lachen.

»Und alle Señoras müssten ganz früh aufstehen und Milch holen!«, rief die kleine Lola. Vor Begeisterung warf sie die Arme in die Luft.

»Meine kann überhaupt nicht kochen«, brummte eine Köchin aus der Straße General Diaz. »Sie bringt nichts zustande als belegte Brote.«

»Und meine versteckt sich vor jedem Sonnenstrahl«, rief Marina. »Sie müsste dann einkaufen gehen und die Kleine spazieren fahren!«

»Meine steht so gut wie nie vor zehn auf«, sagte Rita. »Wenn sie alles allein machen muss, dann müsste sie auch das Frühstück bereiten und die Kinder für die Schule fertig machen. Das gäbe schon am ersten Tag einen Nervenzusammenbruch.«

»Stellt euch das Bild vor«, jubelte Luz, »unsere Señoras morgens vor dem Frühstück alle mit der Milchkanne in der Hand, und im Laden würden sie sich drängeln und sich gegenseitig ihr Leid klagen!«

Das Geschrei ging unter in Gelächter.

»Auf allen vieren müssten sie durch die Wohnung kriechen und mit dem Lappen in die Ecken fahren!«, schrie Maribel, die erst fünfzehn war. »Und wir, wir würden auf der Straße herumschlendern und ihnen zuschauen!«

»Toll!«, schrien mehrere Stimmen. »Was für ein Fest!«

7

»Aber das ist doch gar nicht durchführbar«, sagte die alte Perpetua, als sich der Lärm schließlich gelegt hatte. »Mindestens die Hälfte der Mädchen wird sich einschüchtern lassen. Wer von euch hat denn schon so einen Haufen Mut, wie ihr ihn zu so was braucht? Vor euren Herrschaften schmelzt ihr doch hin wie Butter. Nicht ich, denn mich respektieren sie, weil sie so eine Köchin wie mich nicht so schnell finden werden, und ich bin schon über zwanzig Jahre in diesem Haus. Aber die jungen Dienstmädchen, die sich jederzeit ersetzen oder austauschen lassen, die werden es niemals wagen, ihrer Señora ins Gesicht zu sagen: Ab jetzt arbeite ich nicht mehr, basta! Sie sind ja froh, dass sie überhaupt eine Stelle gefunden haben, und werden sie nicht leichtfertig aufs Spiel setzen.«

»Ja«, sagte Susana, »damit steht und fällt der Plan. Wenn nicht jede Einzelne von uns standhaft bleibt, ist alles verloren, und es geht euch dreckiger als je zuvor. Die ganze Stadt wird sich über uns lustig machen. Aber wenn wir gemeinsam alles durchstehen, ohne uns bestechen oder erpressen oder einschüchtern zu lassen, dann können wir für *alle* bessere Bedingungen herausholen. Denn wenn unsere Señoras erst so einen Streik erlebt haben, werden sie ihn nicht gern ein zweites Mal riskieren.«

»Wenn ich morgen Früh zu meiner Señora ginge«, sagte Josefina nachdenklich, »und ihr sagen würde, ich arbeite ab sofort nicht mehr, bis Marta zu ihrem Lohn gekommen ist, dann würde sie mich auf der Stelle hinauswerfen.«

»Mich auch!«, riefen viele Stimmen. »Und was dann?«

»Darauf müssen wir gefasst sein«, antwortete Susana. »Ihr werdet hinausgeworfen, nehmt eure Sachen und geht. Damit werden die meisten Señoras nicht rechnen. Sie werden erwarten, dass ihr klein beigebt und keinen Ton mehr von Martas Lohn erwähnt. Wer hinausgeworfen worden ist, kommt in unseren Garten.«

»Meinst du den Doktorsgarten?«, fragte Rita.

»Ja, den meine ich«, antwortete Susana. »Ich habe mit Alfredo gesprochen. Er hat gesagt, er habe nichts einzuwenden gegen ein Rudel Mädchen in seinem Garten. Darin sind ja auch nur ein paar Mangobäume und Blumenbüsche und ein Rasen, der seit Langem nicht mehr gemäht worden ist. Da gibt es nichts, was Schaden nehmen könnte.«

»Hast du ihm etwa verraten, was wir vorhaben?«, fragte Rita erschrocken. »Denn schließlich ist er einer von denen, auch wenn du ihn nicht mit ›Don‹ anzureden brauchst.«

»Wo denkst du hin!«, rief Susana. »Ich hab ihm gesagt, wir wollten ein bisschen feiern. Es könnte allerdings etwas länger dauern.«

»Wenn der wüsste!«, rief Luz.

»Ich könnte es ihm ohne Weiteres sagen«, antwortete Susana. »Er würde nichts verraten. Er hat ja selber immer gesagt: Ihr lasst euch viel zu viel gefallen. Aber ich werde ihn erst morgen einweihen. Also wer rausfliegt, kommt zu uns in den Garten. Dort haben wir Ruhe, vor allem vor der Polizei, denn Alfredo ist selber einer von den Reichen.«

»Eben«, sagte Lucrecia. »Das ist es, was mir an der Sache nicht gefällt. Warum sind wir auf seine Hilfe angewiesen? Warum bleiben wir nicht unter uns? Schließlich wird doch irgendwo am Fluss entlang ein Stück Land sein, das unseresgleichen gehört und auf dem wir uns ebenso gut versammeln können.«

»So ein Stück Land gibt es sicher«, antwortete Susana. »Aber dort sind wir nicht so geschützt. Dort kann uns die Polizei jederzeit auseinandertreiben.«

»Das stimmt«, sagte Rita. »Ganz allein schaffen wir's unmöglich. Wir können froh sein, dass uns einer von denen Schutz bietet. Man muss die Dinge sehen, wie sie sind.«

»Aber wir haben doch deinen Sergeanten! Der soll uns helfen«, rief Josefina.

»Pah«, sagte Rita spöttisch. »Der ist doch auch nur ein kleiner Fisch und hat nichts zu sagen. Der könnte uns kaum beschützen.«

»Wenn er schon nicht verhindern könnte, dass wir zusammengeknüppelt werden«, rief Flor, »so könnte er uns doch nützlich sein, er und mein Manuel, der ist doch auch Wachtmeister. Wir könnten sie aushorchen. Wir könnten erreichen, dass sie uns rechtzeitig warnen und dass sie vielleicht manchen Befehl überhören oder sich wenigstens nicht beeilen, ihn auszuführen …«

»Mauricio ist für die Ordnung«, sagte Rita, »so, wie sie

jetzt ist. Der würde uns nie helfen. Der will nichts verändern. Mit ihm können wir nicht rechnen.«

»Aber täte er's nicht für dich?«, rief Josefina.

»Was der tut, tut er nur für sich«, antwortete Rita. »Und außerdem ist er so gewöhnt ans Gehorchen, dass ihm so was Kühnes wie eine eigene Idee gar nicht in den Kopf käme.«

»Du sprichst, als hättest du ihn nicht mehr gern«, sagte Marina erstaunt.

»Ich bin auch gerade dabei, das zu entdecken«, antwortete Rita und lachte schallend.

»Lasst uns weiterplanen«, sagte Susana ungeduldig. »Also bleiben wir bei Alfredos Garten. Er ist groß, und im Gärtnerhaus ist auch ein Klo, das wir benutzen können. Wir machen uns ein Feuer und kochen uns was, damit wir nicht verhungern, solange der Streik dauert. Ich schlage vor, wir fangen übermorgen Früh mit dem Streik an, denn einen Tag brauchen wir noch, um Vorräte zusammenzutragen. Wir müssen genug zu essen haben für alle, die hier in der Stadt keine Verwandten haben, bei denen sie essen können. Ich lasse die hintere Gartentür auf. Ihr könnt hereinkommen, wann ihr wollt. Bringt, was ihr habt, und wenn es nur Bohnen oder Mangos oder Suppenknochen sind. Legt es auf die Kellerstufen. Ich werde alles im Keller aufbewahren. Alfredo hat einen großen Biwakkessel, den werde ich in den Garten schaffen. Für Teller, Becher und Besteck muss jede selber sorgen.«

»Unsinn, das alles«, knurrte die alte Perpetua. »Das geht nicht so einfach, wie ihr grünen Dinger euch das denkt.

Sonst wäre ja die ganze Welt voll von solchen Streiks oder wie ihr das nennt.«

»Ist sie auch«, warf Susana ein. »Das hat Alfredo schon oft gesagt. Er hat mich schon manchmal auf solche Streikversammlungen mitgenommen. Ich weiß, worauf es da ankommt. Zuerst hab ich nicht alles begriffen, aber bald ist es mir klar geworden. Und es ist wirklich so: Jedes Jahr wird mehr gestreikt, und in manchen Ländern haben sich die Armen schon so viele Rechte erstreikt, dass es ihnen fast so gut geht wie bei uns den Reichen.«

»Das erzähle, wem du willst«, knurrte Perpetua. »Und noch eins will ich dir zu bedenken geben: Durch euch lassen sich die Señoras nicht erpressen. Sie lassen euch gehen und nehmen andere. Die aus den Dörfern lauern ja nur darauf, dass Stellen frei werden. Und wenn nicht genug Mädchen hier in der Stadt aufzutreiben wären, die gerade eine Stellung suchen, so würden die Señoras aufs Land hinausfahren und sich dort Mädchen holen.«

»Da hast du Recht«, sagte Susana. »Wir müssen alle Möglichkeiten bedenken. Das könnte passieren. Aber erstens vergisst du, dass die Mädchen vom Land erst angelernt werden müssen. Zweitens werden wir die Mädchen, die Stellungen suchen, so lange zurückhalten müssen, bis der Streik zu Ende ist. Wenn es sein muss, auch mit Gewalt.«

»Man müsste auf die Dörfer gehen«, sagte Marina, »und den Leuten sagen, dass sie in den nächsten Tagen nicht nach Santa Monica kommen sollen ...«

»Ha!«, rief Yolanda. »Das wird sie erst recht neugierig machen.«

»Natürlich müsste man sich was einfallen lassen, *warum* sie nicht nach Santa Monica kommen sollen«, sagte Marina.

»Man muss sie dazu bringen, erst einmal abzuwarten.«

»Das ist eine großartige Idee«, sagte Susana. »Gleich morgen Früh müssen ein paar von uns in die Dörfer gehen.«

»Ich weiß nicht«, sagte Yolanda und schüttelte den Kopf. »Das geht doch alles schief. Sie werden die Polizei auf uns hetzen, wenn wir uns versammeln. Die Polizei wird auch vor dem Doktorsgarten keinen Respekt haben. Sie wird uns auseinanderjagen und mit Gewalt zu unseren Señoras zurückführen.«

»Sie können uns zwar zu unseren Señoras zurücktreiben«, antwortete Susana, »aber sie können uns nicht zwingen zu arbeiten.«

»Das stimmt«, rief jemand.

»Und wenn sie erst begriffen haben, dass sie uns nicht zur Arbeit zwingen können«, fuhr Susana fort, »werden sie über Doña Natalia herfallen und sie dazu bringen wollen, Marta auszuzahlen. Wenn sie so weit sind, haben wir gewonnen.«

»Ta-ta-ta«, sagte Perpetua missbilligend. »Euch geht die Fantasie durch. Ich halte mich da jedenfalls raus. Mir geht's gut, ich kann nicht klagen. Also warum sollte ich ein Risiko auf mich nehmen?«

»So kann man's auch machen«, rief Susana. »Nur schön an sich selber denken. Die anderen können ja ruhig krepieren!«

»Na hör mal!«, rief Perpetua erbost. »Was ist denn das für ein Ton? Ich bin sechzig, mit solcher Musik darfst du mir nicht kommen!«

»Es gibt eine Grenze«, sagte Susana, »da hört bei mir der Respekt vor dem Alter auf. *Mir* geht es auch gut, sogar noch wesentlich besser als dir, Perpetua, weil du ausgenutzt wirst und es gar nicht merkst. Aber ich riskiere trotzdem eine Menge, vor allem deswegen, weil ich die ganze Sache angestiftet habe. Alle Señoras werden Gift und Galle nach mir spucken. Aber ich meine, es ist die Sache wert. Wir werden nicht nur sehen, dass Marta zu ihrem Recht kommt, sondern auch noch für die anderen allerlei herausholen. Vor allem werden wir verlangen, dass die Neuen vom Land nach spätestens einem halben Jahr Lohn bekommen.«

»Jawohl, jawohl!«, riefen die Mädchen, die vom Land in die Stadt gekommen waren, und klatschten.

»Und wir werden auf mehr Ausgang bestehen«, sagte Susana. »Jetzt habt ihr nur jede Woche einen halben Tag, und manche haben gar nicht frei. Wir verlangen einen ganzen Tag pro Woche!«

»Einen ganzen Tag«, seufzte Nana selig und dachte an ihren Freund, den Ladengehilfen.

»Darin sind euch die Dienstmädchen von Andagoya weit voraus«, sagte Susana.

»Sie haben sich schon einen vollen Tag pro Woche erkämpft. Ich hab ihn auch. Aber da sind noch andere Dinge. Zum Beispiel der Urlaub und vor allem das Alter …«

»Was meinst du mit dem Alter?«, fragte Perpetua misstrauisch.

»Was wird mit dir geschehen, wenn du nicht mehr arbeiten kannst?«, fragte Susana. »Werden dir deine Herrschaften dann das Gnadenbrot geben? Werden sie dich behalten und dich verköstigen, auch wenn du nicht mehr arbeiten kannst?«

»Wo gibt es denn so was?«, grunzte Perpetua ärgerlich.

»Siehst du«, sagte Susana. »Das meine ich. Man muss eine Rente bekommen, wenn man alt ist.«

»Mich werden meine Kinder erhalten«, knurrte die alte Perpetua.

»Und solche, die keine Kinder haben?«, fragte Susana. »Solche, die für ihre Herrschaften so geschuftet haben, dass sie keine Zeit fanden, sich einen Mann zu suchen und Kinder zu kriegen?«

»Und solche, denen die Herrschaften ausgeredet haben, sich zu verheiraten, nur damit sie bei ihnen blieben?«, rief Lucrecia erregt.

Sie bekam Applaus.

»Also ich mache mit«, sagte Rita entschlossen.

»Ich auch«, rief Marina.

»Ich auch, ich auch!«, riefen viele Stimmen durcheinander.

»Versprecht das!«, rief Susana. »Versprecht das bei der Ehre eurer Mutter und der Jungfrau Maria!«

»Wir versprechen es!«, tönte es im Bus. Nur die alte Perpetua saß grimmig in ihrer Ecke, und außer ihr gab es noch einige, die nicht mitschrien.

»Und wer soll die ganze Sache leiten?«, fragte sie. »Etwa du?«

Für einen Augenblick wurde Susana unsicher.

»Wenn ihr was gegen mich habt«, sagte sie, »übernehme ich die Führung natürlich *nicht*.«

»Du! Du!«, riefen viele Stimmen.

»*Du* hast doch die Idee gehabt!«, sagte Flor. »Und du hast von uns allen den höchsten Lohn und kannst lesen und schreiben!«

»Quatsch«, zischte Yolanda verärgert, aber ihr Protest ging im Lärm unter.

»Ich bin für Rita«, rief jemand aus dem Hintergrund. Andere klatschten.

»Aber ich kann nicht lesen und schreiben«, sagte Rita. »Und zutrauen würde ich mir so eine Streikleitung auch nicht. Wenigstens nicht allein.«

»In solchen Fällen wird gewählt«, sagte Susana. »Ich geh inzwischen hinaus, damit sich die nicht genieren, die gegen mich sind. Rita, übernimmst du die Wahl?«

Sie kletterte aus dem Bus und unterhielt sich draußen mit Maribels Bruder.

8

Drinnen kniete sich Rita auf den Fahrersitz, ließ die Glocke bimmeln und rief: »Also, wer will was sagen?«

»Wir können unseren Streik auch allein leiten«, rief Yolanda. »Dazu brauchen wir keine Hochgestochene aus der Hauptstadt.«

»Bravo!«, rief Perpetua.

»Aber sie hat uns ja überhaupt erst auf die Idee gebracht zu streiken!«, rief Marina. »Uns wäre so was nicht im Traum eingefallen. Und ich würde mir so eine Streikleitung auch nicht zutrauen.«

»Ich auch nicht!«, riefen mehrere Stimmen zugleich.

»Ich finde nicht, dass Susana hochgestochen ist«, sagte Rita. »Und wenn schon – warum sollen wir denen aus Andagoya nicht mal was abgucken, was uns nützlich ist? Wer ist also für sie?«

Es wurde still. Viele Arme reckten sich hoch.

»Gegenprobe!«, rief Rita. »Wer ist gegen sie?«

Yolanda hob den Arm. Und noch zwei andere Arme wurden sichtbar.

»Yolanda hat Recht«, rief Maria, die ältere Tochter der Waschfrau, die für gewöhnlich sehr schweigsam war. »Ich bin dafür, dass du es machst, Rita. Dich kennen wir.«

»Ich bin weder für diese Susana noch für Rita«, knurrte Perpetua aus ihrer Ecke. »Ich bin gegen das ganze Unternehmen, damit ihr's wisst!«

Ein paar Stimmen pflichteten ihr bei.

»Wir halten uns raus«, sagte Petronila, die sich bis jetzt noch nicht am Gespräch beteiligt hatte.

»Hand hoch, wer sich raushält«, rief Rita.

Fünf Hände erhoben sich.

»Pfui!«, rief Maribel.

»Pfui!«, rief sofort ein ganzer Chor.

»Seid still!«, sagte Rita. »Die fünf brauchen nicht mitzumachen, wenn sie nicht wollen. Sie können zugucken. Aber sie brauchen auch nicht zu erwarten, dass wir jemals für sie streiken, wenn sie eines Tages auf der Straße stehen oder um ihren Lohn gebracht werden.«

Die fünf Außenseiter sahen sich gegenseitig an.

»Ich würde ja gern mitmachen«, sagte Petronila, die auch schon zweiundvierzig Jahre alt war. »Aber ich müsste dann die Kinder im Stich lassen. Vier Kinder, das älteste zehn, das jüngste zwei Jahre alt! Das kann ich nicht machen!«

»Sie ist doch bei dem Witwer«, rief Ermengilda Rita zu.

»Don Jorge ist bis sechs Uhr im Büro«, sagte Petronila. »Ihr müsst doch begreifen, dass niemand da ist, der mich vertreten könnte ...«

»Du hast Recht, das geht nicht«, sagte Rita. »Du versorgst auf jeden Fall die Kinder. Aber nur die Kinder, hörst du? Wenn Don Jorge seine Hemden nicht gebügelt und seinen Kaffee nicht vorgesetzt bekommt, soll er sich ruhig auch über Doña Natalia hermachen.«

»Wenn ich bei den Kindern bleiben kann, ohne dass ihr mir Schwierigkeiten macht, werde ich euch natürlich unterstützen«, sagte Petronila beruhigt. »In diesem Fall wähle ich dich.«

»Ich hab einfach Angst«, stotterte eine Neue vom Land, die noch niemand kannte. »Ich bin noch keine zehn Tage in der Stellung. Ich kann doch nicht einfach vor die Señora treten und sagen: Ich arbeite ab jetzt nicht mehr! So viel Mut bring ich nie auf, ich sag's euch ehrlich.«

»Ich glaube, da lässt sich ein Weg finden«, sagte Rita. »Wenn du ihr's nicht sagen kannst, dann werden wir ihr's sagen und du verschwindest einfach. Was meinst du dazu?«

»Oh ja«, sagte die Neue erleichtert, »wenn *ich* ihr's nur nicht zu sagen brauche …«

»Wer noch immer dabeibleibt, sich rauszuhalten, der soll noch einmal den Arm heben!«, rief Rita über die Köpfe weg.

Jetzt waren es nur noch zwei.

»Vier Neinstimmen und zwei, die sich raushalten«, sagte Rita. »Fertig. Susana kann reinkommen.«

Als Susana wieder in den Bus kletterte und zwischen den Köpfen sichtbar wurde, applaudierten alle und riefen im Takt: »Su-sa-na! Su-sa-na!«

»Lasst mich raus!«, schrie Perpetua. »Ich hab genug!«

Petronila versuchte sie zu beruhigen, aber sie winkte zornig ab und schwenkte den Zeigefinger: »Ihr werdet schon sehen – in den nächsten Tagen wird Santa Monica in Tränen schwimmen!«

Sie ruderte bis zum Ausgang und wälzte sich aus dem Bus. »Alte Unke«, rief Maribel.

»Ich danke euch für das Vertrauen«, rief Susana laut. »Also übermorgen um fünf Uhr beginnt der Streik.«

Rita flüsterte ihr etwas zu. Sie nickte und fuhr fort: »Wer seiner Señora nicht erklären kann, warum wir streiken, holt sich morgen Abend auf der Plaza ein Flugblatt ab, auf dem alles steht. Alfredo borgt mir seine alte Schreibmaschine. Die hab ich schon öfter ausgeborgt. Ich werde Durchschläge machen. Dann könnt ihr eurer Señora so ein Papier geben,
 damit sie Bescheid weiß. Und wer sich nicht traut, übermorgen die Arbeit zu verweigern, weil er Angst vor der Señora hat, der kommt in Alfredos Garten, noch bevor die Señora

aufgestanden ist. Es wird sich schon schnell genug herumsprechen, was los ist. Außerdem werden wir ein Plakat auf die Plaza hängen.«

»Und wenn mir eine andere inzwischen meine Stellung wegnimmt?«, fragte die Neue vom Land.

»Ist es eine von uns«, antwortete Susana, »dann kann sie was erleben. Sie wird hier in Santa Monica keine guten Tage mehr haben.«

»Recht so!«, rief Maribel.

»Prügel kriegt sie!«, knurrte Luz.

»Wenn aber eine Fremde die Gelegenheit ausnutzt«, fuhr Susana fort, »so werden wir sie auffordern, die Stellung sofort wieder zu verlassen und zu uns in den Garten zu kommen. Schließlich streiken wir ja auch für sie. Ist hier eine im Bus, die auf Stellungssuche ist?«

Fünf Mädchen meldeten sich.

»Macht ihr mit?«, fragte Susana.

Sie nickten.

»Ihr könnt mit in den Garten kommen«, sagte Susana. »Ihr sollt ja inzwischen nicht verhungern. Und wenn ihr andere trefft, die auch auf Stellungssuche sind, dann sagt ihr ihnen weiter, was ihr hier erfahren habt.«

»Wie ich meine Doña Natalia kenne«, sagte Lucrecia laut, »wird sie während unseres Streiks nicht geduldig auf irgendein Mädchen warten, das vielleicht doch an ihre Tür kommt und ihr heimlich ihre Dienste anbietet. Nein, sie wird in die Hütten am Fluss gehen, wo auch ihre Waschfrau wohnt, und wird die Frauen dort mit süßen Versprechungen zur Arbeit locken. Wer würde ihr da widerstehen? Geld brauchen alle. Und genauso wie sie werden sich auch andere Señoras dort neue Dienstboten holen wollen.«

»Ja«, sagte Susana, »das ist eine große Gefahr. Alle von euch, die hier in der Stadt zu Hause sind oder Bekannte haben, müssen morgen versuchen, für unsere Sache zu werben …«

»… aber erst am Abend«, rief Ermengilda, »sonst wird es zu früh bekannt.«

»Vor allem am Fluss entlang«, sagte Luz. »Dort wohnen die Ärmsten.«

»Sollen wir ihnen drohen?«, fragte Maribel.

»Das müsst ihr selber entscheiden«, rief Susana.

»Bei den meisten wird es genügen, wenn wir sie bitten, zu uns zu halten – gegen die Reichen. Nur, wenn ihr merkt, dass eine sich vornimmt, uns in den Rücken zu fallen, solltet ihr mit Gewalt drohen.«

»Versucht, die Frauen *allein* zu sprechen«, sagte Rita. »Ohne dass ihre Männer dabei sind. Schärft ihnen ein, dass es ein Geheimnis ist. Vergesst nicht zu sagen, dass wir auch für ihre Töchter und Nichten und Enkelinnen streiken, die später auch einmal Dienstmädchen sein werden. Malt ihnen aus, was für ein Vergnügen es sein wird, die Reichen in Nöten zu sehen.«

»Es geht los, hurra!«, rief Maribel und sprang auf. »Das wird was geben!«

Marina zog sie wieder auf ihren Sitz zurück.

»Jetzt brauche ich noch ein paar Leute für die Streikleitung«, sagte Susana. »Ich kann nicht alles allein machen. Rita, du? Und Luz? Ermengilda, Inez …«

»Ich nicht«, sagte Inez hastig. »Meine Mutter ist dagegen. Ich werde schon Schwierigkeiten haben, wenn ich überhaupt mitmache.«

»Nehmt mich!«, rief Maribel.

Alle lachten.

»Gut«, sagte Susana. »Du hast wenigstens Mut und Tatendrang.«

»Ich bin dafür, dass Yolanda mit in die Leitung kommt«, sagte Rita.

Yolanda wurde über und über rot und stotterte: »Nein, ich nicht, ich auf keinen Fall ...«

»Warum denn nicht?«, rief Josefina. »Du traust dich doch am meisten, du mit deiner Schnauze!«

»Komm doch«, bat Susana. »Wir werden schlaue und mutige Leute brauchen, da bist du gerade die Richtige.«

»Na, meinetwegen«, seufzte Yolanda geschmeichelt.

»Alles klar?«, rief Susana. »Geht jetzt nach Hause und schlaft. Ihr müsst morgen ausgeruht sein. Und sagt denen Bescheid, die heute nicht hier sind. Wir brauchen jede Einzelne. Gute Nacht!«

Alle erhoben sich. Nur Marta rutschte von Lucrecias Schoß herunter und blieb sitzen. Sie hatte Tränen in den Augen.

»Komm zu mir heim«, sagte Maribel und zog sie hoch. »Wir wohnen gleich dort drüben.«

Sie schubste Marta aus dem Bus, schob sie durch die Finsternis bis zur Hütte, die neben dem Bus winzig klein wirkte. Eine vielköpfige Familie starrte erstaunt aus dem Halbdunkel auf die Fremde.

»Das ist Marta«, sagte Maribel. »Kümmert euch um sie. Ich komme erst später. Ich bleibe noch kurz im Bus. Ich gehöre zur …« Sie verstummte erschrocken und hielt sich den Mund zu. Und schon war sie wieder weg.

Der Bus hatte sich geleert, das Geflüster und Gekicher zerflog in alle Richtungen. Nur die Streikleitung blieb noch lange auf den vordersten Sitzen kauern: Susana, Rita, Luz, Ermengilda, Maribel, Yolanda.

»Ich geh jetzt schlafen«, rief schließlich Maribels Bruder gedämpft hinein. »Das dauert mir zu lange.«

Er holte die drei Hunde hinter der Hütte hervor und band sie an den Achsen fest: zwei vorn, einen hinten. Sie sprangen am Bus hoch und erregten sich fürchterlich, aber Maribel beugte sich heraus und beruhigte sie. Erst kurz vor Mitternacht verließ die Streikleitung den Bus. Bevor sich die Mädchen trennten, fassten sie sich bei den Händen.

»Geschworen«, flüsterte Susana.

»Geschworen«, flüsterten die anderen zurück.

Als Maribel in ihre Hängematte kroch, hörte sie Marta leise schnarchen.

9

Am nächsten Morgen bat Luz ihre Señora um Urlaub: Ihre Großmutter in Barranca sei gestorben.

»Bist du nicht vor einem Jahr schon einmal zum Begräbnis deiner Großmutter zwei Tage daheim gewesen?«, fragte Doña Rosina nachdenklich.

»Das war die andere«, antwortete Luz. »Für diese brauche ich nur einen Tag. Sie stand mir nicht so nahe wie die andere.«

»Na, meinetwegen«, seufzte Doña Rosina. »Aber wie hast du so plötzlich von ihrem Tod erfahren?«

»Sie haben jemanden aus dem Dorf geschickt«, antwortete Luz, die auf jede Frage gefasst war. »Als ich Milch holen ging, hab ich die Nachricht von meiner Familie bekommen.«

Und sie hob die Schürze und wischte sich über die Augen.

»Aber spüle erst noch das Frühstücksgeschirr«, sagte Doña Rosina.

Eine Stunde später war Luz schon unterwegs zu ihrem Dorf, das nicht ganz so weit wie Los Palitos entfernt lag. In einer anderen Richtung war Yolanda auf dem Weg nach San Benito, und von dort wollte sie nach Los Palitos. Sie stammte aus San Benito und hatte ihre Familie dort und in Los Palitos war sie auch keine Fremde.

Noch zwei andere Dörfer gab es in der Nähe: Manzanilla und El Fango. Nana hatte Manzanilla übernommen, und nach El Fango hatte Ermengilda gehen sollen, aber sie hatte sich geweigert.

»Ich kann mich nicht verstellen«, hatte sie behauptet. »Ich würde zu kichern anfangen.«

Da hatte sich Maribel gemeldet. Sie hatte eine Patin in El Fango.

Ein paar Kinder kamen Luz entgegengelaufen und führten sie im Triumphzug ins Dorf.

»Luz ist da! Luz ist da!«, riefen sie allen Leuten zu, die sich neugierig aus den Fenstern reckten und aus den Türen beugten.

»Pablito! Joselito!«, rief Luz und rannte auf das Haus zu, in dem sie geboren war. Im halbdunklen Raum saßen ihre beiden Kinder auf dem Lehmboden. Das ältere spielte mit einem Lappenball, das jüngere kaute an einer Mangofrucht und war klebrig von deren Saft, wo man es auch anfasste. Aber das störte Luz nicht. Sie hob es hoch und küsste es ab, und dann drückte sie auch das ältere an sich und wirbelte es herum. Die Kinder waren allein zu Hause, denn niemand erschien, als sie rief.

»Oma ist auf dem Feld«, sagte Pablito, vier Jahre alt, zu Luz.

»Hast du mir was mitgebracht?«

Ja, sie hatte noch im letzten Augenblick etwas eingesteckt für beide, obwohl alles so schnell gehen musste: ein kleines Auto mit drei Rädern für Pablito und einen roten Gummiball, der nicht mehr sprang, weil er eine Delle hatte, für Joselito – beides aus dem Mülleimer der Herrschaften herausgefischt und in der Kammer aufbewahrt bis zu dieser Gelegenheit. Seit mehreren Wochen hatte sie die Kinder nicht mehr gesehen, denn ein halber Tag reichte nicht für einen Hin- und Rückmarsch nach Barranca, wenn man den Bus nicht bezahlen konnte.

Auf jedem Arm ein Kind, lief sie aus der wunderbaren Kühle wieder hinaus ins Dorf, wo sie jedes Gesicht, jeden

Steig, jedes Gärtchen kannte. Kein Hund bellte sie an, Katzen rieben sich an ihr. Glücklich schaute sie sich um.

»Hallo, Luz«, rief ihr eine Frau zu, die zwei volle Wassereimer vom Fluss heraufschleppte. »Hast du Urlaub?«

»Nur diesen Tag«, rief Luz heiter. »Ich hab mir einen Tag Urlaub genommen, um euch zu warnen. Gib mir was zu trinken, Lorna, ich bin halb tot – den ganzen Weg zu Fuß durch die Sonne.«

Sie kauerte sich nieder, stellte die zwei Buben auf die Beine und tauchte ihr Gesicht in den Eimer.

»Um uns zu warnen?«, fragte die Frau erstaunt.

Zwei andere Frauen kamen herbei und begrüßten Luz, Kinder drängten sich um sie, auch ihre Mutter kam nun vom Feld gelaufen, der Vater hinterher, es bildete sich ein Kreis um sie.

Joselito, ihr jüngster Sohn, noch keine zwei Jahre alt, sah misstrauisch an ihr empor. Er konnte sich nicht an sie erinnern. Was wollte sie? Was hatte sie mit ihm vor? Er klammerte sich an den Arm seines Bruders.

»Kommt morgen und übermorgen und in den nächsten Tagen nicht nach Santa Monica«, sagte Luz mit wichtiger Miene. »Sonst geratet ihr in die größten Schwierigkeiten. Die Polizei hat bekannt gegeben, dass ab morgen Früh alle Personen ab zwölf Jahren einen Ausweis vorzeigen müssen, wenn sie in die Stadt kommen. Wer keinen Ausweis hat, wird mindestens drei Tage festgehalten.«

»Aber wer von uns hat schon einen Ausweis?«, rief Lorna erschrocken.

»Eben drum«, antwortete Luz. »Darum geht's denen ja.

Das soll ein Schreckschuss sein. Sie haben schon jahrelang drauf gedrungen, dass sich jeder einen Ausweis ausstellen lässt.«

»Da kann man sich ja gar nicht in die Stadt wagen!«, rief eine Alte, die kaum zu verstehen war, weil sie keine Zähne mehr im Mund hatte.

»Deshalb bin ich ja gekommen, um euch zu warnen«, sagte Luz. »Nach einer Woche wird alles wieder im Sand verlaufen.«

In Windeseile verbreitete sich Luz' Nachricht im Dorf.

Aus einem abgelegenen Haus stürzte Luz' Großmutter, die dort eine Wöchnerin versorgt hatte, und trippelte mit ausgebreiteten Armen auf Luz zu.

»Was für ein treues Kind unseres Dorfes!«, rief sie gerührt.

»Nimmt sich extra einen Tag frei, um uns zu warnen!«

Und sie schaute sich stolz um.

Keinem kam es in den Sinn, an Luz' Botschaft zu zweifeln.

»Ich wollte morgen meine Anna nach Santa Monica bringen«, seufzte eine Frau. »Sie ist schon vierzehn. Aber wenn das so ist, dann warte ich noch ein paar Tage. Wer weiß, was sie mit ihr dort anstellen würden. Auch die Polizisten sind Männer!«

»Und ich wollte Eier verkaufen!«, rief Luz' Mutter. »Die werden mir ja schlecht!«

»Gib sie mir mit«, sagte Luz. »Ich werde sie schon los. Wie viel erwartest du fürs Dutzend?«

Luz machte sich einen schönen Tag. Sie badete mit ihren

Kindern im Fluss, aß mit ihrer Familie Maistaschen, die ihre Mutter zur Feier des Tages in aller Eile gebacken hatte, küsste eine halbe Stunde lang Pablito und Joselito ab, händigte ihrer Mutter den größten Teil ihres Lohns als Kostgeld für die Kinder aus und kehrte dann in der Abendkühle nach Santa Monica zurück.

Kurz bevor sie wieder zur Küchentür ihrer Herrschaft hineinschlüpfte, rieb sie sich die Augen rot. Sie kam ja von einem Begräbnis.

Maribel war auch schon aus El Fango zurückgekehrt. Sie fieberte vor Aufregung und Ungeduld. Später am Abend tauchten auch Nana und Yolanda auf.

»Alles in Ordnung«, meldeten sie. »In den nächsten Tagen wird kein Mädchen in die Stadt kommen. Und bis sie erst entdeckt haben, dass das alles nicht stimmt, sind wir hier längst fertig.«

»Toll, wie sie mir geglaubt haben«, flüsterte Maribel den anderen auf der Plaza zu, wo Susana zwischen den Büschen Zettel verteilte.

»Seid sparsam damit«, sagte Susana. »Es sind nicht genug Zettel. Ich hab mir den Nachmittag freigeben lassen und hab wie verrückt geschrieben. Aber mir fehlt die Übung, es ging entsetzlich langsam. Ich kann's nicht ändern. Wir können den Streik nicht noch länger hinausschieben. Den Señoras, die keine Zettel bekommen, müssen wir die Sache eben mündlich erklären oder sie zum Plakat auf der Plaza schicken.«

Viele Mädchen waren nicht gekommen oder huschten nur für einen Augenblick vorbei, um sich einen Zettel abzuholen. Die meisten von ihnen schwärmten durch die Stadt. Das war ein Geflüster und Getuschel vor den Hütten, auf den Pfaden am Fluss, an den Straßenecken, in den Eingängen der alten Häuser am Markt!

»Die meisten werden zu uns halten«, berichtete Flor auf der Plaza. »Und die, die unserem Streik keine Chance geben, werden sich wenigstens heraushalten. Die Alten halten uns für verrückt, aber fast alle Jungen finden unsere Idee großartig. Ich hab mit vierundzwanzig Frauen gesprochen. Ermengilda hat sich den Nachmittag sogar freigenommen und ist am Fluss rumgezogen. Dort hat sie sich vor allem die Waschfrauen vorgenommen. Die glauben zwar nicht, dass wir was erreichen werden. Sie meinen, an den Verhältnissen lässt sich nichts ändern. Aber sie haben versprochen, uns nicht in den Rücken zu fallen.«

»Ich glaube«, flüsterte Rita, »Perpetua hat nicht den Mund gehalten. Aber ihre Señora scheint nicht ernst genommen zu haben, was sie da vorgebracht hat. Meine Señora ist manchmal bei Doña Carlota zum Kaffeeklatsch. Dort amüsieren sie sich köstlich über Perpetuas Schauergeschichten, die Doña Carlota dann jedes Mal zum Besten gibt. Doña Carlota hat meine Señora heute Nachmittag angerufen und muss ihr von unserem Streik erzählt haben. Meine hat Tränen gelacht. Sie scheinen kein Wort davon zu glauben. Genauso wenig wie sie an Perpetuas Geistererscheinungen und ihre ruhelosen Toten und die lebendig Begrabenen glauben und an all den unterhaltsamen Tratsch, den sie heimbringt. Sie halten den Streik für Perpetuas Erfindung. Meine hat mich nicht einmal danach gefragt, obwohl ich während des Telefongesprächs neben ihr den Garderobenspiegel geputzt hab.«

»Gut so«, sagte Susana. »Umso größer wird morgen die Überraschung sein.«

Sie war todmüde. Den ganzen Tag war im Doktorsgarten ein Kommen und Gehen gewesen. Susana hatte alle Hände voll zu tun gehabt. Fast alle Mädchen waren irgendwann vorbeigekommen – manche beim Milchholen, andere beim Spazierenfahren der Kinder, wieder andere hatten den Hund ausgeführt, Botengänge ausgedehnt, waren während der Siesta der Herrschaften entwischt – und hatten abgegeben, was sie hatten beiseiteschaffen können: eine Tüte Mehl, eine Räucherwurst, ein Säckchen voll Pferdebohnen, und aus dem Margarinebecher der kleinen Lola hatte es schon getropft. Ermengilda hatte sich selber übertroffen: Sie hatte in aller Frühe einen Sack voll Yuccawurzeln und ein Dutzend Fischdosen angeschleppt. »Meine Witwe weiß gar nicht, was sie alles für Vorräte im Keller hat«, meinte sie gelassen.

Am Vormittag war sie noch einmal vorbeigekommen, als sie den Hund spazieren geführt hatte. Unter Rock und Umhangtuch hatte sie eine ganze Speckseite und ein paar Kilo Trockenfleisch geschmuggelt.

»Treib's nicht zu toll«, hatte ihr Susana zugeflüstert. »Denn wenn es rauskommt, können wir's natürlich nicht gutheißen.« Aber Ermengilda hatte nur gelacht.

»Wenn es der Alten auffallen sollte«, hatte sie gesagt, »dann ist eben ein Dieb im Keller gewesen, und das stimmt ja auch.«

Es gab kaum ein Mädchen, das nicht wenigstens ein Ei oder ein paar Mangofrüchte gebracht hätte. Josefina hatte eine Büchse voll Salz in ihrem Büstenhalter, Rita einen Kanister Speiseöl im Kinderwagen verborgen. Einige hatten sogar schon persönliches Gepäck und Decken für die Nacht gebracht.

»Man muss auf alles gefasst sein«, hatte Flor gewispert.

Es hatte ein unaufhörliches Flüstern und Kichern im Garten gegeben, und Rebeca hatte sich gewundert.

»Du scheinst schon sehr viele Freundinnen hier in der Stadt zu haben«, hatte sie gesagt und Susana hatte genickt und gelacht.

Rebeca hatte längst erkannt, dass hier etwas anderes im Gange war als harmlose Festvorbereitungen, aber sie wartete ab. Und Susana hatte ebenfalls längst erkannt, dass Rebeca das erkannt hatte, aber auch sie wartete ab. Sie vertrauten einander.

»Wir haben eine Menge Vorräte«, sagte Susana jetzt auf der Plaza. »Ein paar Tage werden wir uns bestimmt über Wasser halten können.«

»Hier ist noch ein Korb voll Eier«, sagte Luz.

Das war ein Geflüster und Gedränge zwischen den Hibiskusbüschen!

»Ich brauche keinen Zettel«, sagte Josefina. »Ich sag's ihr selber.«

»Du?«, rief Nana. »Seit wann bist du denn mutig?«

»Seitdem alle mitmachen«, antwortete Josefina.

Auch andere verschmähten die Zettel. Es zeigte sich, dass gar nicht so viele Zettel fehlten.

»Ich werde heute Nacht noch das Plakat für die Plaza schreiben«, sagte Susana, »und aufhängen.«

Burschen wurden neugierig, schoben sich näher, feixten.

»Vorsicht«, warnte Susana. »Verratet nichts. Geht jetzt heim. Morgen Früh treffen wir uns im Garten. Lasst euch nicht beschwatzen. Bleibt hart. Lauft davon, wenn ihr nicht anders könnt. Also bis morgen.«

Sie schwärmten auseinander. Rita begleitete Susana. Sie war einen halben Kopf größer als Susana. Sie trug einen Pferdeschwanz. Sie hatte volle Lippen und eine Figur, dass ihr die Burschen nachpfiffen. Dann warf sie den Kopf in den Nacken und lachte.

Susana war anders. Wenn sie vorüberging, pfiff niemand. Sie war besser angezogen als die anderen Mädchen und trug eine Frisur, die unter den Dienstmädchen ungebräuchlich war: kurzes, sehr sorgfältig geschnittenes, leicht gewelltes Haar – die Frisur einer Dame. Sie war nicht hübsch, aber sie strahlte so viel Sicherheit aus, dass man das gar nicht merkte.

10

In dieser Nacht schliefen die meisten Dienstmädchen von Santa Monica unruhig. Gegen Morgen erhob sich ein heftiger Wind, der Sand und schmutziges Papier durch die Straßen wirbelte und die Allerheiligen-Allee mit roten Blütenblättern bestreute.

Noch bevor die Sonne aufgegangen war, schlüpfte das

erste streikende Dienstmädchen durch die Hinterpforte in den Doktorsgarten, mit einer Tüte unter dem Arm und ungekämmtem Haar. Sie hatte es nicht fertiggebracht, sich ihrer Señora entgegenzustellen. Sie hatte den Zettel auf den Küchentisch gelegt und war schnell weggelaufen. Zaghaft huschte sie unter das vorspringende Dach des hölzernen Gärtnerhauses, das seit Langem leer stand, weil der letzte Besitzer der Villa seinen Gärtner samt dessen Familie schon vor Jahren wegen eines unaufgeklärten Diebstahls fortgejagt hatte.

»Susana!«, rief das Mädchen leise zum Haupthaus hinüber.

Aber Susana sprach gerade mit ihrer Señora und der Señor war auch dabei. Er saß mit Schlafanzughose und nackter Brust rittlings auf seinem Stuhl am Frühstückstisch, der noch nicht gedeckt war, und hörte sich aufmerksam an, was Susana zu sagen hatte.

»Donnerwetter«, meinte er, »da habt ihr euch ja was Gewaltiges vorgenommen. Und du bist die Initiatorin vom Ganzen?«

»Was heißt das?«, fragte Susana.

»Entschuldige«, sagte Alfredo, der Arzt. »Ich meinte, ob du die anderen darauf gebracht hast. Ja? Dacht ich mir's doch. Deshalb das Getippe gestern Nachmittag. Das hättest du leichter haben können, wenn du uns schon früher eingeweiht hättest.«

»Das konnte ich nicht«, sagte Susana. »Wenn ich ein Geheimnis ausplaudere, kann ich nicht erwarten, dass die anderen es bewahren.«

»Aber wir hätten dir gute Tipps geben können«, sagte Alfredo.

»Lass sie nur allein machen«, rief Rebeca. »Vielleicht schafft sie's ohne deine guten Tipps. Warum auch nicht? Ich finde, sie hat das Problem ganz geschickt angefasst.«

»Also habe ich sie nicht umsonst zu den Versammlungen und Kundgebungen mitgenommen«, sagte Alfredo. »Sie hat gut zugehört.«

»Na, da werden ja die Hennen von Santa Monica heute aufgeregt herumgackern«, meinte Rebeca.

»Du, meine Liebe«, sagte Alfredo zu ihr, »wirst heute deinen Haushalt auch allein machen müssen.«

»Und du deine Praxis«, sagte Rebeca lachend. »Schau mal raus, Susana, unser Garten füllt sich. Es scheint, sie wollen dich sehen.«

»Ihr habt doch nichts dagegen, wenn ich die Vorräte im Keller unterbringe?«, fragte Susana. »Das Zeug wird sonst schlecht.«

»Ich nehme an, das Zeug *ist* schon im Keller«, sagte Rebeca.

»Hätte ich euch gestern um Erlaubnis gefragt, dann hätte ich schon gestern verraten müssen, was wir vorhaben«, sagte Susana.

»Ob gestern oder heute, wir stehen dir zur Verfügung«, sagte der Arzt.

»Aber«, sagte Susana und sah Alfredo ruhig an, »es könnte sein, dass die Polizei den Garten räumen will.«

»Das lass nur meine Sorge sein«, antwortete Alfredo. »Räumen sie meinen Garten, dann räume ich Santa Monica, und das werden sie nicht gern riskieren, nachdem sie froh waren, dass sich endlich ein Medikus für dieses Nest gefunden hat. Sei ganz ruhig: Wir werden dir Rückendeckung geben. Die Verhältnisse in Santa Monica stinken zum Himmel. Dass du es wagst, dagegen anzugehen, erfüllt mich mit Respekt.«

»Mich auch«, sagte Rebeca, die im Morgenmantel auf der Fensterbank saß. »Wir werden uns schon ein paar Tage ohne deine Hilfe durchwursteln. Mach dir darüber nur keine Sorgen.«

»Und wenn ihr es wirklich schafft, dass diese Marta ihren Lohn für das letzte Jahr ausgezahlt bekommt«, sagte Alfredo, »und dass von jetzt an die jungen Dinger vom Lande schon nach einem halben Jahr Dienst einen angemessenen Lohn erhalten, dann ist dieser Sieg ein Fest wert. Das könnt ihr *auch* in unserem Garten feiern, und was dazu nötig ist, spendiere ich.«

»Ihr Mädchen habt aber doch nichts dagegen, dass ich die Kinder zu euch in den Garten hinunterschicke?«, fragte Rebeca. »Denn bis zur Mittagszeit will ich Alfredo in der Praxis nicht im Stich lassen. Du wirst doch ein Auge auf sie haben, nicht wahr?«

»Nein«, sagte Alfredo. »Streik ist Streik. Und Susana hat jetzt mehr als genug zu tun. Hab du nur selber ein Auge auf die Kinder. Wenn's nicht anders geht, halten wir eben die Praxis während des Streiks auf Sparflamme.«

»Ich danke euch beiden«, sagte Susana und lief hinaus in den Garten.

Das Plakat war nicht zu übersehen. Es hing am schwarzen Brett neben der Kirche, wo der Kinobesitzer das jeweilige Filmplakat neben die Informationen der Stadtverwaltung zu kleben pflegte. Es war ein großes gelbes, schon etwas zerknittertes Einpackpapier.

Ab heute Dienstmädchenstreik! stand in roter Schrift darauf, weithin sichtbar, und darunter, etwas kleiner: *Die weiblichen Hausangestellten von Santa Monica erklären hiermit, dass sie erst dann den Streik beenden werden, wenn Doña Natalia Garcia de Gonzalez ihrer bisherigen Angestellten Marta Rifo Martinez deren Eigentum herausgibt und den Lohn für mindestens das letzte Jahr bezahlt! Außerdem müssen sich alle Señoras von Santa Monica, die weibliche Hausangestellte beschäftigen, mit Unterschrift verpflichten, ab sofort jeder Angestellten einen ganzen Urlaubstag pro Woche zu geben und den Anfängerinnen spätestens ab einem halben Jahr nach Dienstantritt außer Kost und Bett auch einen angemessenen Lohn zu zahlen!*

Die Streikleitung

Der Polizeisergeant Mauricio Ramirez, der im Eingang der Polizeistation stand, kniff die Augen zusammen, als er das Plakat entdeckte, und überquerte die Ecke der Plaza. Vor dem schwarzen Brett blieb er stehen. Als er das Plakat gelesen hatte, räusperte er sich und schaute sich um, außer zwei alten Kirchgängerinnen waren die Straßen rund um die Plaza leer – geradezu gespenstisch leer für diese Stunde: kein Tacktack spitzer Absätze auf dem Bürgersteig, kein Geschlurfe von Pantoffeln oder Sandalen, kein Geklapper leerer Milchkannen, keine Zurufe, kein Gekicher, kein Schwatz an den Ecken!

Er schaute zum Milchladen hinüber. Dort auf der anderen Seite der Plaza stand der Milchverkäufer im Türrahmen und reckte den Kopf nach allen Seiten. Eine Frau verließ mit einer vollen Milchkanne den Laden, ein paar andere Frauen tauchten jetzt aus den Seitengassen auf und strebten dem Laden zu.

Aber es waren keine Dienstmädchen darunter, niemand mit weißer Schürze, und gerade sie waren es doch, die zu dieser frühen Stunde Tag für Tag die Plaza belebten!

Der Sergeant wandte sich wieder dem Plakat zu und las es ein zweites Mal. Dann spuckte er aus.

»Verdammt noch mal!«, knurrte er. »Und ausgerechnet heute kommt auch noch der Gouverneur!«

11

Josefina saß aufgeregt in der Küche. Sie hatte keine Milch geholt, sie hatte den Frühstückstisch nicht gedeckt. Zwischen ihren Knien hatte sie eine Tüte mit ihren Habseligkeiten. Nun wartete sie.

Schon lärmten die Kinder in ihren Betten und riefen nach ihr. An anderen Tagen hätte sie sich um sie gekümmert, hätte den Kleinsten aus den schmutzigen Windeln geschält, hätte ihn gebadet.

Jetzt rührte sie sich nicht. Aber ihre Hände zitterten. Sie wusste, dass sie nicht sehr mutig war.

»Mama!«, plärrte Juanito, der Zweitjüngste.

»Ruf Josefina«, antwortete Doña Rosalia aus dem Schlafzimmer.

»Josefina!«, brüllte Juanito.

Josefina gab keine Antwort. Da kam Juanito in die Küche, vier Jahre alt, im Schlafanzug.

»Wo bleibst du denn?«, rief er. »Wir sind schon lange wach. Zieh mich an!«

»Zieh dich mal allein an«, antwortete Josefina sanft.

Juanito starrte Josefina überrascht an, dann verschwand er im Schlafzimmer seiner Eltern. Kurz darauf kam er wieder in die Küche und sagte mit strengem Gesicht: »Du sollst mich sofort anziehen, hat die Mama gesagt, und sollst sehen, dass der Jorge aufhört zu brüllen.«

Von Josefinas Stirn perlten Schweißtropfen.

»Nein«, seufzte sie mit zitternder Stimme, »ich streike heute. Ihr müsst allein fertig werden.«

Juanito verschwand wieder im Schlafzimmer seiner Eltern. Das Jüngste schrie wie am Spieß.

Doña Rosalia steckte ihren Kopf aus der Schlafzimmertür. Lockenwickler umrahmten ihn. Mit verquollenen Augen rief sie hinüber zur Küche: »Josefina!«

Die stand auf und öffnete die Tür zur Wohnhalle.

»Was ist denn los?«, fragte Doña Rosalia ärgerlich. »Warum sind die Kinder noch nicht versorgt? Hast du verschlafen? Hast du die Nacht verbummelt?«

»Nein, Señora«, stammelte Josefina, »ich streike heute.«
Doña Rosalia sah sie verständnislos an.

»Wir streiken alle«, fuhr Josefina fort, mit den Worten,

die sie sich vorher hundertmal zurechtgelegt hatte. »Wenn Sie also nichts dagegen haben …«

»Oh ja, ich *habe* was dagegen!«, rief Doña Rosalia. »Nichts gegen Scherze, aber alles zu seiner Zeit, Josefina. Sofort gehst du an deine Arbeit!«

»Ja, Doña Rosalia, wie Sie wünschen, Doña Rosalia«, antwortete Josefina mit eingezogenem Kopf.

Darauf verschwand Doña Rosalia wieder im Schlafzimmer. Sie schlug die Tür hinter sich zu. Josefina wusste genau, was das bedeutete: Sie war wütend. Und wenn Doña Rosalia wütend war, ließ sie Josefina ihren Zorn noch tagelang spüren. Josefinas Mut schmolz dahin. Matt sagte sie zu Juanito, der breitbeinig in der Küche stand und sie beobachtete: »Sag deiner Mama, neben der Kirche hängt ein Plakat, darauf kann sie alles nachlesen.«

Dann griff sie nach ihrer Tüte und lief davon. Hinter sich hörte sie Juanitos Geplärr: »Mama, Papa, die Josefina läuft weg!«

Sie wagte nicht herauszufinden, ob Lena und Lucrecia schon aus dem Nachbarhaus geflüchtet waren. Sie lief auf schnellstem Wege zum Doktorsgarten.

»Warte draußen auf mich«, sagte Doña Natalias Köchin Lucrecia, eine dicke Vierzigerin, zu Lena. »Um die Ecke, hinter dem Kiosk. Ich werde gleich kommen. Vergiss deine Tüte nicht. Ich hab genug Proviant für zwei Tage für uns beide eingepackt.«

Die Kleine, blass vor Aufregung, nickte gehorsam und schlüpfte hinaus. Lucrecia bürstete ihren Hut, den sie nur zum Ausgang und zur Messe aufsetzte, und putzte ihre Schuhe. Nein, die Idee dieser Susana war wirklich nicht schlecht. Ganz im Gegenteil, sie war sogar sehr gut. Sie selbst, Lucrecia, hatte in ihren jungen Jahren von einem Streik der Dienstmädchen geträumt, sie hatte sich immer wieder Situationen ausgedacht, in denen ihr Doña Natalia machtlos, ja hilflos gegenüberstehen würde, und sie hatte sich mit diesen Träumen beruhigt, wenn sie gedemütigt worden war.

Aber jetzt zeigte sich, dass sich ein solcher Traum vielleicht doch in die Wirklichkeit umsetzen ließ, wenn nur alle mitmachten – und weiß Gott – sie wollte unbedingt mitmachen, sie wollte es Doña Natalia endlich einmal zeigen, dass sie auch Macht besaß, zusammen mit den anderen! Und wenn es einen solchen Wirbel gäbe, der die ganze Stadt aufrührte und alles durcheinanderbrächte, dann bekäme sie allemal wieder eine Stellung, denn ihre Kochkunst und Zuverlässigkeit waren inzwischen überall bekannt.

Wenn der Streik nur früher gekommen wäre, dachte sie, während sie bürstete. Zwanzig Jahre früher. Dann hätte ich mich von ihr nicht so an die Zügel nehmen lassen. Dann hätte ich noch mehr Mut gehabt, mich zu wehren. Ich hätte ihn geheiratet. Jetzt hat er längst eine andere Frau und ich bin alt und dick.

»Lucrecia!«, rief Doña Natalia und riss die Küchentür auf. »Der Frühstückstisch ist noch nicht gedeckt!«

»Heute wird nicht gearbeitet«, antwortete Lucrecia gelassen. »Heute müssen Sie sich mal Ihren Dreck allein machen.«

»Was?«, fragte Doña Natalia gefährlich leise. »Bist du wahnsinnig geworden?«

»Aber nein«, antwortete Lucrecia ruhig. »Im Gegenteil. Endlich tu ich mal das, was ich schon längst hätte tun sollen: Ich streike.«

»Du dämliches Ding«, rief Doña Natalia, »was hast du für eine Ahnung, was streiken heißt! Da hat dir irgendjemand dumme Ideen in den Kopf gesetzt. Erst die Marta, jetzt du. Dabei habe ich gedacht, du wärst alt genug, um vernünftig zu sein. Wenn ich bloß herausbekäme, wer solche aufrührerischen Ideen verbreitet, wer solche Unruhe unter euch bringt! Und du in deinem gesetzten Alter lässt dich von den jungen Gänsen noch mitreißen! Los, mach dich an die Arbeit, ich will nichts gehört haben.«

»Ich bewege keinen Löffel mehr«, antwortete Lucrecia. »Ich gehe jetzt.«

»Sag mal, hast du getrunken?«, rief Doña Natalia und schnupperte vor Lucrecias Gesicht. »Bist du gestern Abend etwa ausgegangen und hast dich betrunken?«

»Ich bin so nüchtern wie Sie«, antwortete Lucrecia. »Ich bin so nüchtern, wie es nüchterner nicht mehr geht.«

»Lena!«, schrie Doña Natalia.

»Lena ist schon weg«, antwortete Lucrecia. »Sie streikt auch. Alle Dienstmädchen in der Stadt streiken.«

Doña Natalia gaffte sie mit offenem Mund an, ihr Gesicht erstarrte in einer unsäglich dummen Grimasse.

»So ist es«, sagte Lucrecia und zog sich seelenruhig ihre Schuhe an.

»Raus!«, kreischte Doña Natalia. »Sofort raus!«

»Ich gehe sowieso«, knurrte Lucrecia. »Sie brauchen sich nicht so aufzuregen.«

Sie ging in die Kammer und setzte sich den Hut vor dem ovalen Handspiegel auf, der an einem Nagel hing. Doña Natalia kam hinter ihr her und riss wutschnaubend die Kammertür auf.

»Und wann hört der Streik wieder auf?«, fragte sie in höchster Erregung.

»Wenn Sie, Doña Natalia, der Marta mindestens für ein Jahr Lohn auszahlen«, antwortete Lucrecia langsam und deutlich, »und zwar einen nicht zu geringen Lohn, und ihr die Sachen herausgeben, die sie hat zurücklassen müssen.«

»Nie! Auf gar keinen Fall!«, schrie Doña Natalia. »Ich denke nicht daran!«

»... und noch einige Forderungen mehr«, setzte Lucrecia hinzu. »Die gehen auch die anderen Damen an. Zum Beispiel, dass den Neuen nach spätestens einem halben Jahr Lohn gezahlt werden muss ...«

»Ha!«, rief Doña Natalia. »Das ist ja zum Lachen! Diesen jungen Dingern, diesen Halbaffen, die nichts können!«

»Nach einem halben Jahr können sie was«, antwortete Lucrecia.

Sie nahm den Handspiegel von der Wand und steckte ihn in ihre Plastiktasche, die schon fertig gepackt dastand.

»Jetzt machen Sie mir bitte den Weg frei«, sagte sie. »Ich möchte hinaus. Die Milch ist übrigens noch nicht geholt, und auch die Schuhe der jungen Herren sind noch nicht geputzt.«

»Jetzt lass uns doch mal vernünftig miteinander reden«,

sagte Doña Natalia in einem völlig veränderten Ton und blieb im Rahmen der Kammertür stehen. »Ihr seid von gewissenlosen Drahtziehern aufgewiegelt worden. Auf die Lena lege ich keinen Wert, die kommt mir nicht mehr ins Haus. Aber *du* bist doch schließlich schon über zwanzig Jahre bei uns, wir haben uns aneinander gewöhnt, und ich bin zufrieden mit dir …«

»… aber ich nicht mit Ihnen«, sagte Lucrecia.

»Warum bist du dann über zwanzig Jahre bei uns geblieben?«, fragte Doña Natalia.

»Es blieb mir keine andere Wahl«, antwortete Lucrecia. »Sie und Ihresgleichen saßen am längeren Hebel, solange wir uns geduckt und alles geschluckt haben.«

»Pfui Teufel, wie du dich hast aufhetzen lassen!«, rief Doña Natalia. »Aus dir hört man förmlich die Aufwiegler reden! Hast du denn keinen Anlass, mir dankbar zu sein?«

»Nein«, antwortete Lucrecia trocken.

»Denk doch nach!«, rief Doña Natalia.

»Ich denke«, antwortete Lucrecia, »aber mir kommt nur in den Sinn, dass Sie mir meinen Freund ausgeredet haben, weil Sie mich behalten wollten.«

»Mein Gott, jetzt kommst du mit so uralten Geschichten«, rief Doña Natalia. »Was hätte dir denn in dieser Ehe geblüht? Nichts als Schinderei und Unsicherheit!«

»Hier schinde ich mich auch«, antwortete Lucrecia und verlor nun doch ihre Ruhe. »Dort hätte ich mich wenigstens für *meine* Kinder und *meinen* Mann geschunden. Hier schinde ich mich für *Sie* und *Ihre* Familie. Dort hätten mich im Alter meine Kinder erhalten. Hier werde ich auf die

Straße gesetzt, wenn ich nichts mehr tauge. Wo ist da meine Sicherheit?«

»Du siehst alles falsch«, sagte Doña Natalia. »Und im Übrigen können wir ja, sofern du bleibst, über eine kleine Lohnerhöhung sprechen …«

»Danke«, sagte Lucrecia. »Dieses Angebot zieht jetzt nicht. Wenn Sie den Streik beendet haben wollen, also bereit sind, Marta auszuzahlen, brauchen Sie es nur irgendeinem der Dienstmädchen hier in Santa Monica zu melden.«

»Nie!«, schrie Doña Natalia.

»Das werden wir sehen«, sagte Lucrecia und schob, jetzt wieder ganz ruhig, Doña Natalia beiseite. »Leben Sie wohl. Vergessen Sie nicht, das Fleisch aus dem Kühlschrank zu nehmen, wenn es bis Mittag aufgetaut sein soll.«

Damit schritt sie würdevoll in ihrem hellblauen Sonntagskleid zur Küchentür hinaus, traf sich mit Lena hinter dem Kiosk und wanderte dann zusammen mit der Neuen zum Garten des Arztes.

»Wie hat sie's aufgenommen?«, fragte Lena.

»Erst hat sie versucht, mich einzuschüchtern, dann, mich zu bestechen. Es war ein wunderbares Erlebnis.«

»Aber wird sie uns wieder aufnehmen?«, fragte Lena ängstlich.

»Ich sage dir«, seufzte Lucrecia zufrieden, »sie wird noch ganz klein werden, ganz bescheiden …«

»Vielleicht nimmt sie *dich* wieder auf«, jammerte Lena. »Aber doch nicht mich!«

»Marta hat das Vorrecht«, sagte Lucrecia streng. »Aber

wenn Marta nicht zu Doña Natalia zurückwill, dann werde ich dafür sorgen, dass du von ihr wieder aufgenommen wirst. Wenn sie mich wieder haben will, und das will sie bestimmt, dann muss sie auch dich nehmen. Das werde ich zur Bedingung machen.«

»Ach, du Gute«, lachte Lena mit Tränen in den Augen und nahm ihr die Tasche ab. »Das wird dir die Jungfrau Maria vergelten!«

»Luis!«, rief Doña Beatriz, in deren Haus Flor diente. »Luis! Komm schnell in die Küche!«

»Doch nicht jetzt«, knurrte der Hausherr, der Polizeichef der Stadt, im Badezimmer. »Ich rasiere mich gerade.«

»Aber es ist dringend!«, jammerte Doña Beatriz.

Mit einer weiß umschäumten Backe erschien er in der Küche. Dort stand Flor mit verstocktem Gesicht in ihrem Sonntagsstaat und hatte eine Tüte unter dem Arm.

»Sie sagt, sie will heute nicht arbeiten«, jammerte Doña Beatriz. »Sie sei heute Früh in Streik getreten, sagt sie.«

»Hör auf mit diesem dummen Geschwätz und geh an die Arbeit«, herrschte er Flor an.

»Es ist noch nichts gemacht!«, klagte Doña Beatriz. »Keine Milch geholt, kein Tisch gedeckt, kein Brot geschnitten. Nicht einmal der Kaffee ist fertig!«

»Na wird's bald?«, schnauzte Don Luis. »Oder hat die Dame etwa Launen? Ich muss gleich weg. Entweder der Tisch ist in fünf Minuten gedeckt, oder du bist fristlos entlassen.«

»Aber Luis«, jammerte Doña Beatriz, »sei doch nicht

gleich so stürmisch! Hast du vergessen, dass ich heute Nachmittag zum Kaffee sieben Damen zu Gast habe? Da kannst du sie jetzt nicht entlassen, das kannst du mir doch nicht antun! Wie soll ich das Kaffeekränzchen bewältigen ohne das Mädchen?«

»Ich gehe schon von selber, egal, ob mich Don Luis rauswirft oder nicht«, sagte Flor.

»Aber nein!«, rief Doña Beatriz in höchster Not. »Es war nicht so gemeint, mein Mann ist manchmal etwas schroff, du kennst ihn doch, man muss ihm das nachsehen. Du kannst mich nicht einfach im Stich lassen!«

»Hör auf, sie anzuflehen«, sagte Don Luis. »Sie ist nicht die Einzige auf der Welt. Soll sie ruhig gehen. Sag den Mädchen in der Nachbarschaft, dass du eine Neue suchst, und ich wette, die rennen dir das Haus ein, bevor dein Kaffeekränzchen anfängt.«

»Ach, was weißt denn *du*«, schluchzte Doña Beatriz. »Ich kann zum Kaffeekränzchen keine Neue brauchen, die sich bei mir noch nicht auskennt! So bleib doch, Flor! Wenigstens bis morgen – denk an die Trinkgelder, die du dir heute verdienen könntest!«

»*Jetzt* gehe ich«, sagte Flor. »Und damit Sie's wissen: Es wird sich keine Neue finden, denn wir streiken *alle*.«

»Aber das kann man doch nicht mit mir machen!«, schluchzte Doña Beatriz.

Sie bekam einen Weinkrampf. Don Luis musste sie halten. Er beschmierte ihre Lockenwickler mit Seifenschaum.

»Ich kann doch die Damen nicht wieder ausladen – heute, einen halben Tag vor dem Kränzchen!«, wimmerte

Doña Beatriz. »Damit mache ich mich in der Gesellschaft unmöglich …«

»Also gut – von jetzt an zehn Cruces mehr im Monat«, knurrte Don Luis.

Flors Augen funkelten.

»Darüber können wir *nach* dem Streik reden«, sagte sie. »Heute wird jedenfalls gestreikt. Morgen auch. Vielleicht die ganze Woche. So lange, bis Doña Natalia der Marta den Lohn gibt, den sie ihr schuldet …«

»Luis!«, schrie Doña Beatriz, »du musst sofort zu Doña Natalia hinübergehen und sie dazu bewegen, dass sie diese Sache in Ordnung bringt! Tu mir den Gefallen, ja? Liebling! Du weißt, die Frau vom Bürgermeister ist heute Nachmittag bei mir, und Doña Mercedes – die Frauen der wichtigsten Persönlichkeiten! Es würde auch dir schaden, wenn ich sie ausladen müsste – wo sie doch sicher extra für diese Einladung beim Frisör gewesen sind!«

Flor drückte sich zur Tür hinaus.

»Kanaillen sind sie alle, diese Dienstboten!«, schnaubte Don Luis.

Er verschwand im Badezimmer und wütete darin herum. »Da sieht man's mal wieder!«, brüllte er. »Ihr Frauen werdet noch nicht einmal mit den einfachsten Problemen fertig! Jetzt soll ich mich noch um dein Kaffeekränzchen kümmern. Als ob ich nicht genug um die Ohren hätte – wo doch heute der Gouverneur kommt!«

»Schneide dich nicht, Luis, Liebster«, wimmerte Doña Beatriz. In diesem Augenblick kam ihr ein rettender Gedanke. Sie stürzte aus der Küchentür und rief Flor nach:

»Könntet ihr nicht den Streik verschieben? Nur um einen Tag? Um all das Gute, das ich dir angetan habe? Denk doch an das Perlentäschchen, das ich dir zum letzten Geburtstag geschenkt habe!«

Flor drehte sich nicht einmal mehr um.

»Hör mal«, trompetete Don Luis aus dem Badezimmer, »wenn alle Dienstmädchen in der Stadt streiken, dann werden deine Damen nicht kommen können, weil sie dann mit ihren Haushalten vollauf beschäftigt sein werden.«

»Das stimmt«, seufzte Doña Beatriz hoffnungsvoll in der Küche auf. »Dann wäre es sozusagen höhere Gewalt, die den Kaffeeklatsch unmöglich macht. Aber was fange ich mit den Torten an? Luis? Luis, so hör doch – was soll ich bloß mit den drei Torten machen, mein Gott!«

»Verdammt noch mal, du wirst doch wohl noch mit diesen drei Torten fertig werden!«, brüllte Don Luis aus dem Badezimmer. »Stell sie meinetwegen auf den Bürgersteig, ich wette, sie werden eins, zwei, drei verschwunden sein. Setz jetzt Kaffeewasser auf, ich muss weg!«

12

Noch ehe sich alle Mädchen im Doktorsgarten versammelt hatten, stand das Viertel der Reichen schon in heller Aufregung. Die Frauen liefen verstört von Nachbarin zu Nachbarin und lamentierten, rannten mit Milchkannen auf die Plaza, schluchzten in ihre Taschentücher, klagten über Undank oder schworen Strafe und Vergeltung.

»Wo bleibt mein Frühstück?«, krächzte Doña Viola, die schon zweiundachtzig Jahre alt war und bis in den Vormittag zu schlafen pflegte. Sie schwang ihre Nachttischglocke, aber niemand erschien. Sie wälzte sich aus dem Bett und schlurfte in die Küche. Die war leer, ebenso wie die Mädchenkammer.

»Unzuverlässiges Pack!«, knurrte sie.

Ein paar Häuser weiter hatte sich Doña Cecilia weinend über ihr Klavier geworfen.

»Das gibt eine Ehekrise«, schluchzte sie. »Manolo ist doch so pingelig und heute ist noch dazu Waschtag. Die Waschfrau wird kommen und Bescheid wissen wollen und ich hab keine Ahnung! Und dann das Mittagessen ...«

»Leg dich ins Bett und sei krank«, sagte ihre alte Mutter. »Ich werde versuchen, mit der Waschfrau klarzukommen und Manolo etwas Essbares vorzusetzen. Mit mir wird er gnädiger umgehen.«

»Ich werde noch wahnsinnig!«, klagte Doña Rosalia. »Wenn ich nur wüsste, wo das Schuhputzzeug ist. Und wer soll jetzt Milch holen? Juanito, lauf doch nicht nackt herum! Was? Ja was weiß ich, wo dein Hemd ist! Zieh jetzt ein frisches an, schnell! Ramona, du musst fort, in zehn Minuten fängt die Schule an – nein, es ist keine Zeit mehr zu frühstücken, nimm ein Brötchen in die Hand und lauf los ...«

»Aber ich bin doch noch nicht gekämmt!«, plärrte Ramona.

»Hör auf, hör auf!«, schrie Doña Rosalia und versetzte Ramona eine Ohrfeige.

»Wenn es sich wirklich um einen Dienstmädchenstreik handelt«, sagte Doña Olivia, »werde ich verreisen. Ich denke nicht daran, mich selber in die Küche zu stellen, wo ich mir höchstens den Teint verderbe. Und wozu bin ich reich, wenn ich selber den Staubwedel schwingen soll? Komm, Simon, wir verreisen. Ein paar Tage an die Küste, in ein Strandhotel. Bis wir zurückkommen, hat sich längst alles wieder eingerenkt.«

»Ich weiß nicht, Olivia«, antwortete ihr Mann, ein pensionierter Oberst, der ein Landgut hinter Los Palitos besaß. »Wir sollten in diesen unruhigen Zeiten unser Haus lieber nicht allein lassen. Man kann nie wissen, was dem Volk plötzlich einfällt. Es ist unberechenbar. Aber ich könnte heute aufs Gut hinausfahren und dir von dort ein neues Mädchen mitbringen.«

»Nein, nein, mein Lieber«, wehrte Doña Olivia ab. »Eine Neue anlernen? Nie. Ich nehme nur Altgediente. Also lass uns heute im Restaurant essen!«

In Doña Natalias Haus klingelte unaufhörlich das Telefon, und ihre Familie weigerte sich, den Hörer abzunehmen, denn alle Anruferinnen wollten Doña Natalia persönlich sprechen. Die Küche füllte sich mit Dampf, weil das Kaffeewasser längst kochte. Die halbwüchsigen Kinder riefen nach dem Frühstück. Don Fernando, der Hausherr, lief, um Milch zu holen. Kaum eilte Doña Natalia in die Küche, klingelte das Telefon schon wieder und an der Tür schellte es auch.

»Ist es wahr, Doña Natalia, dass Sie Ihrer Marta keinen Lohn gegeben haben und dass deshalb dieser Streik ...?«, musste sie sich immer wieder am Telefon und an der Haustür anhören.

»Jawohl«, antwortete Doña Natalia aufgebracht, »wie es hier Brauch ist. Sie ist noch keine sechzehn und stellt schon Forderungen. Wo käme man hin, wenn man auf derlei einginge?«

»Ja, ja«, sagten die Anruferinnen und Besucherinnen verlegen, »wir sind ja ganz Ihrer Meinung, aber könnten Sie in diesem Fall nicht nachgeben? Ihnen tut das doch nicht weh. Damit wir unsere Mädchen wiederbekommen.«

»Ich denke nicht daran«, sagte Doña Natalia immer wieder, und jedes Mal zorniger. Schließlich rief sie die Polizei an. Sie ließ sich mit dem Chef persönlich verbinden.

»Ja, ja, ich weiß Bescheid, Doña Natalia«, seufzte Don Luis. »Von allen Seiten kommen Anrufe und unser Dienstmädchen ist uns auch davongelaufen. Warten wir erst einmal ab. Die dummen Hühner werden schon von allein wieder zur Arbeit zurückkehren, wenn sie Hunger kriegen.«

»Aber das kann man ihnen doch nicht einfach durchgehen lassen!«, rief Doña Natalia entrüstet. »Da kämen sie ja auf die Idee, sie können mit uns umgehen, wie sie wollen! Und außerdem: Wer macht die Arbeit, bis sie wieder zurückkehren? Wenn sie nicht freiwillig kommen, muss Gewalt angewendet werden!«

»Ach Doña Natalia«, sagte Don Luis. »Sollen wir uns

mit so einem Rudel Weiber herumschlagen? Damit machen wir uns doch nur lächerlich. Und außerdem kommt heute der Gouverneur, wie Sie wissen. Wir haben hier alle Hände voll zu tun, um seinen Empfang vorzubereiten, und es wäre fatal, wenn dieser alberne Streik so hochgespielt würde, dass auch er davon erführe. Ich schlage vor, Sie zahlen Ihrer Marta – oder wie sie heißt – einen Jahreslohn aus und geben ihr ihre Sachen heraus. Dann werden sich die Gemüter beruhigen, und die übrigen Forderungen werden sang- und klanglos in der Versenkung verschwinden.«

»*Ich* soll nachgeben?«, rief Doña Natalia empört. »Don Luis! Auf welche Seite stellen Sie sich denn? Haben wir *dazu* die Polizei, dass sie untätig zuschaut, wenn uns dieses Pack zu erpressen versucht? Wir sind in Not und verlangen nach Ordnung!«

»Aber Doña Natalia«, antwortete Don Luis sanft, »Sie werden doch nicht erwarten, dass wir unsere Leute in die einzelnen Haushalte schicken, damit sie dort Geschirr abtrocknen und Windeln waschen. Ebenso wenig können wir die Dienstmädchen zur Arbeit *zwingen*.«

»Aber Sie können nach den Rädelsführerinnen, nach den Anstifterinnen suchen und sie unschädlich machen«, schimpfte Doña Natalia. »Allein kommen die dummen Puten doch nicht auf solche Ideen!«

»Wir halten unsere Augen offen«, sagte Don Luis, »und werden, wenn es nötig ist, sofort einschreiten.«

»Wenn es nötig ist – wenn es nötig ist!«, äffte Doña Natalia ihn nach. »Es ist schon längst nötig! Wenn Sie nichts unternehmen, während unsere gesellschaftliche Ordnung mit Füßen getreten wird, werde ich mich beim Bürgermeister über Sie beschweren. Er ist ein guter Freund unseres Hauses, wie Sie wissen. Sicher wird er Sie zur Rechenschaft ziehen, zumal Sie offensichtlich auch nicht gewillt sind, mich vor der Flut lästiger Anrufe zu schützen!«

Ihre Stimme überschlug sich.

»Beruhigen Sie sich, Doña Natalia«, sagte Don Luis.

Aber sie hatte schon aufgelegt. Nachdenklich kratzte er sich hinterm Ohr.

»Von Streiks hat man ja schon oft gehört«, sagte Doña Lucila, die Frau des Bürgermeisters. »Was halt so in den großen Städten passiert und in anderen Ländern. Aber bei uns in Santa Monica? Peinlich, findest du nicht auch, Eduardo? Und noch dazu ein Dienstmädchenstreik! Der könnte unsere Stadt ja geradezu lächerlich machen. Das ist doch außerhalb jeder Gepflogenheit. Das ist ja schon fast abnorm!«

»Aber Lucila«, sagte der Bürgermeister. »Was ist denn daran abnorm? So was kann man nicht ernst nehmen. Unausgegorene Gedanken in naiven Gemütern – schade um jede Sekunde Grübelei, die man an derlei Unsinn verschwendet. Diese Mädchen haben doch keinen Rückhalt, weder ideeller noch finanzieller Art. Dazu kommt, dass so ein Haufen weiblicher Wesen es niemals fertigbringt, einig zu bleiben. Ich wette mit dir, dass sie sich noch heute zerstreiten, und sobald sie Hunger kriegen, kommen sie reuevoll auf den Knien wieder angekrochen und flehen um Gnade.«

»Aber was machen wir, wenn Yolanda bis heute Nachmittag nicht zurückkommt?«, fragte Doña Lucila erregt. »Du hast den Gouverneur eingeladen, bei uns zu übernachten. Wie soll ich das ohne Yolanda machen? Und was macht das für einen Eindruck, wenn kein Dienstmädchen im Haus ist? *Du* bist doch schließlich der Bürgermeister. Tu was, damit sie sofort zurückkommt!«

»Ausgerechnet heute haben sie sich das einfallen lassen müssen«, knurrte der Bürgermeister. »Das ist schon regelrecht boshaft. Aber der Gouverneur darf von der ganzen Dienstmädchengeschichte nichts erfahren, hörst du? Es wäre höchst blamabel für uns.«

»Ich sehe schon«, rief Doña Lucila, »dass ich mich selber als Dienstmädchen verkleiden muss, um den Ruf unseres Hauses zu retten.«

»Sei doch nicht albern«, schnaubte der Bürgermeister nervös. »Wir werden uns schon irgendwie herauswinden. Der Tag ist lang. Halte mich jetzt nicht auf, ich muss den Gouverneur empfangen. Hat mir Yolanda kein frisches Hemd rausgelegt?« Mit Verspätung kam der Bürgermeister im Rathaus an, gerade noch rechtzeitig, um den Gouverneur zu empfangen, der mit einer großen Polizeieskorte vorgefahren kam und vom Schulchor mit Blumensträußen begrüßt wurde. Es galt, ihn bei Laune zu halten. Erwartete die Stadt Santa Monica von ihm doch allerlei Zuschüsse und Privilegien!

Es wurde ihm verschwiegen, dass an diesem Vormittag in der Stadt einiges in Unordnung geraten war. Viele Schüler waren nicht pünktlich zur Schule gekommen. Auch in dem Begrüßungschor fehlten ein paar Stimmen. Mehrere Läden öffneten erst eine Stunde später. In den Bäckereien und Metzgereien und an den Gemüseständen erschienen die Damen der Gesellschaft persönlich mit Hunden an den Leinen und Kleinkindern auf den Armen. Sie klagten und lamentierten, und die Hausfrauen, die sich kein Dienstmädchen leisten konnten, hüstelten schadenfroh und warfen sich gegenseitig Blicke zu.

Mehrere Male gab es an diesem Tag bei der freiwilligen Feuerwehr Alarm: Unbeaufsichtigte Kinder hatten Vorhänge in Brand gesetzt und Wasserhähne geöffnet, und die jüngste Tochter der Familie Córdoba war kopfüber ins Schwimmbecken gefallen und vor den Augen seiner Mutter, die nicht schwimmen konnte, fast ertrunken. Bei den Safadis flog der Deckel des Schnellkochtopfes an die Küchendecke, weil die Dame des Hauses seine Tücken nicht kannte. Bei den Molinas holte sich ein Dieb am helllichten Vormittag den Plattenspieler aus dem Wohnzimmer – durch die Terrassentür, die die Hausfrau aus Versehen weit offen gelassen hatte, während sie einkaufen gegangen war. Ach, und die Eheleute Moreno konnten die geplante Reise nicht antreten, weil sie in der Eile niemanden mehr auftreiben konnten, der Kinder und Haus in ihrer Abwesenheit versorgt hätte. Der Damenfrisör hingegen hatte kaum etwas zu tun: Eine Kundin nach der anderen rief an und sagte ab. Sie hatten keine Zeit.

In der Allerheiligen-Allee, in der die vornehmsten Leute Santa Monicas wohnten, erschien gegen zehn Uhr vormittags das Dienstmädchen Carmen mit einem Kaugummi im

Mund und einer großen Tüte im Arm, weithin erkenntlich als eine, die Stellung suchte.

Sie war keine Neue. Sie hatte ihre letzte Stellung verloren, weil sie faul gewesen war. Die Hausfrauen hatten einander vor ihr gewarnt. Schon seit einem halben Jahr war sie ohne Arbeit. Seither hatte sie sich bei Verwandten in einer Hütte am Fluss verkrochen, behauptete, sie sei krank, und sie war auch nicht zur Versammlung im Bus erschienen. Aber als sich der Streik bis zu ihr herumgesprochen hatte, wurde sie augenblicklich gesund und sah ihre große Chance gekommen. Und sie hatte nicht falsch kalkuliert, denn kaum erschien sie im Blickfeld einiger Villen, stürzte schon eine Dame heraus und rief ihr zu: »Bist du auf Arbeitssuche?«

Carmen nickte träge und grinste.

»Oh«, rief Doña Beatriz, »das trifft sich ja gut. Zufällig suche ich eine Hausangestellte. Willst du's bei uns versuchen?«

Carmen hörte einen Augenblick auf zu kauen und fragte: »Wie viel?«

»Siebzig Cruces«, flüsterte Doña Beatriz hastig.

Carmen schüttelte den Kopf.

»Achtzig«, sagte Doña Beatriz.

Carmen schüttelte den Kopf.

»Jetzt übertreib aber nicht«, rief Doña Beatriz. »Du bist doch höchstens siebzehn. Und wer weiß, weshalb du entlassen worden bist.«

Carmen zuckte mit den Schultern und wollte weitergehen. Da kam auch schon von schräg gegenüber die Witwe

Medina getrippelt und rief: »Bist du noch frei, meine Kleine? Ich biete dir neunzig.«

Carmen verhielt sich unschlüssig. »Also gut, neunzig«, rief Doña Beatriz. »Fünfundneunzig«, sagte die Witwe Medina.

»Das ist unfair!«, rief Doña Beatriz schrill. »Ich hab zuerst mit ihr verhandelt, Doña Medina!«

»Ich halte sie ja nicht davon ab, sich zwischen uns beiden frei zu entscheiden«, sagte die Witwe Medina spitz. »Das ist doch ihr gutes Recht, oder etwa nicht?«

»Aber ich kann nicht höher gehen als neunzig, ohne die Erlaubnis meines Mannes!«, jammerte Doña Beatriz.

»Das ist nicht meine Schuld«, sagte die Witwe Medina kühl.

»Komm, Luisa oder wie du heißt – für fünfundneunzig Cruces: keine Kinder im Haus, garantiert freundliche Behandlung. Wo wird dir so eine Stellung geboten?«

»Ha – freundliche Behandlung!«, rief Doña Beatriz. »Fast jeden Tag höre ich Ihre Schimpftiraden! Mich wundert es doch sehr, dass Ermengilda es so lange bei Ihnen ausgehalten hat …«

»Was passiert denn bei Ihnen?«, rief die Witwe Medina giftig. »Soll ich mal dieser Kleinen erzählen, wie sich Ihr Mann immer an die Flor heranmacht? Wie er sie in den Hintern kneift, wenn er ihr begegnet?«

»Unverschämtheit, Sie lügen!«, schrie Doña Beatriz aufgebracht. »Das ist nicht wahr!«

»Und ob es wahr ist«, sagte die Witwe Medina. »Also, wie ist es, meine Kleine – werden wir einig?«

»Ich überleg mir's noch«, antwortete Carmen langsam und ging weiter.

Aber sehr viel weiter kam sie nicht. Schon das Angebot des übernächsten Hauses nahm sie an: einhundertzwanzig Cruces, bei der Familie des Advokaten Cántaro, wo Nana vorher gedient hatte.

Und alle Frauen in der Allerheiligen-Allee beneideten die Cántaros um diese Errungenschaft.

13

Im Doktorsgarten herrschte inzwischen Hochbetrieb, und je verzweifelter sich die Hausfrauen in der Stadt gebärdeten, umso fröhlicher wurde hier die Stimmung. Als die Sonne stieg und die Luft erhitzte, verteilten sich die Mädchen in die Schatten der Bäume, und die Streikleitung kauerte sich ins Gärtnerhaus.

Lucrecia, die großes Ansehen unter den jüngeren genoss, war von allen herzlich begrüßt worden und hatte sich sogleich angeboten, für die Verpflegung zu sorgen. Sie hatte den Kessel voll Wasser erhitzt und kochte nun Kaffee. Rings auf der Mauer hockten Kinder und Halbwüchsige, und auch ein paar erwachsene Burschen waren darunter, allesamt Sympathisanten.

»Toll!«, rief Nanas Freund, der Ladengehilfe, über die Mauer und winkte Nana zu. »Dass ihr euch das getraut habt! Die ganze Stadt ist aus dem Häuschen!«

Die Mädchen lächelten stolz und winkten zurück.

»Kann ich euch irgendwie helfen?«, fragte er, als Nana an die Mauer kam.

»Im Augenblick nicht«, sagte Nana. »Aber komm ab und zu vorbei, ja? Wenn ich dich seh, fühl ich mich stärker.«

Er streckte seinen Arm aus, konnte aber nur Nanas Fingerspitzen erreichen. Die Mauer war so breit.

»Na, macht nichts«, sagte er. »Bis bald. Ich halte jedenfalls zu dir.«

Und er radelte davon.

»Heute Mittag gibt es Bohnensuppe«, sagte Lucrecia. »Aber jede kriegt nur einen Teller voll. Nachschlag gibt es nicht. Wir müssen Haus halten.«

Rund achtzig Mädchen und Frauen hatten sich im Garten versammelt.

Nicht alle hatten Löffel und Teller mitgebracht.

»Wer gegessen hat, muss Löffel und Teller weitergeben«, rief Lucrecia.

»Habt ihr Schwierigkeiten?«, fragte ein junger Mann über die Mauer herüber. »Braucht ihr Geschirr? Besteck?«

»Wenn ihr schon zu etwas nütze sein wollt«, rief Lucrecia zurück, »dann besorgt uns Holz. Mit dem bisschen hier kriegen wir knapp die Suppe hin. Für den Abend bleibt uns nichts mehr.«

»Auf Kinder!«, riefen die Burschen den jüngeren Mauerguckern zu. »Dabei könnt ihr alle mithelfen!«

Schon im nächsten Augenblick war die Mauer leer. Nach kurzer Zeit kehrten die Ersten wieder zurück und warfen Brennholz, lose oder gebündelt, in den Garten. Die Mädchen trugen es zusammen und stapelten es auf: trockene Zweige, Bretter, alte Pfähle, Reste von Kleinmöbeln, Dachschindeln und dergleichen. Immer neue Bündel rollten über die Mauer. Aus dem Garten stieg eine Rauchsäule auf. Lucrecia kochte, alle Welt konnte sehen, dass die Streikenden keinen Hunger zu leiden brauchten.

»Danke, Jungs! Danke, Kinder!«, riefen die Mädchen den Mauerguckern zu und winkten. Dann versammelten sie sich um Lucrecias Kessel.

»Frühestens in einer Stunde gibt es zu essen«, knurrte Lucrecia. »Und wer hier in der Stadt sein Zuhause hat, der soll zum Essen gefälligst heimgehen.«

»Meine Mutter ist wütend«, sagte Inez. »Wenn Maria und ich zum Essen heimkämen, würde sie uns rauswerfen.«

Auch ein paar andere Mädchen fürchteten sich davor, heimzugehen. »Unsere Eltern halten zu den Reichen«, sagten sie.

Lucrecia schickte sie zu Susana. Susana sprach mit Lucrecia. »Wer daheim Schwierigkeiten hat, muss hier zu essen bekommen«, sagte sie. »Wir müssen die Mädchen bei guter Laune halten, sonst springen sie ab.«

»Die Vorräte sind knapp«, brummte Lucrecia.

»Dann hungern wir lieber alle zusammen«, sagte Susana.

»Noch eine Stunde Zeit?«, fragte Rita. »Da lass uns doch bis zum Essen durch die Stadt spazieren und unseren Señoras zuschauen, wie sie arbeiten. Wir können sowieso nicht alle im Kessel rühren. Genießen wir den freien Tag.«

Fast alle Mädchen wollten mit. Nur Susana und drei Schwangere und vier ältere Frauen blieben im Garten zurück.

»Zu Mittag sind wir wieder da!«, rief Rita übermütig.

In Vierer- und Fünferreihen hakten sich die Mädchen unter, zogen mit Gelächter zum Gartentor hinaus und begannen zu singen.

»Aber reizt die Leute nicht!«, rief ihnen Susana nach.

»Ich passe schon auf«, sagte Rita zurück.

Sie zogen zur Plaza und umrundeten sie. Dem Verkäufer im Milchladen warfen sie Kusshände hin, auch dem Zeitungsmann im Kiosk. Sie winkten den Bettlern zwischen den Parkbänken auf der Plaza und auf den Stufen der Kirche zu, sie grüßten die Gemüsefrau, die mit ihrem Eselsgespann vom Markt zurückkehrte, und die Waschfrauen, die frisch gewaschene Bettwäsche austrugen. Sie riefen den zerlumpten Kindern, die zu arm waren, um in die Schule zu gehen, Scherzworte zu, und sie neckten die Arbeiter, die das Dach der Bank reparierten und ihrerseits begeistert herunterwinkten. Sie lachten die Müllmänner und Botenjungen und Bierkutscher an und flirteten mit den Maurern, die auf einem Rohbau herumbalancierten.

»Wir drücken euch die Daumen!«, rief der Bierkutscher hinter ihnen her.

»Hoffentlich schafft ihr's«, brüllte ein Maurer von einem Gerüst herunter. »Ihr habt euch ja allerhand vorgenommen, ihr netten Käfer. Mal sehn, ob ihr echte Glückskäfer seid.«

»Gebt bloß nicht auf! Lasst euch nicht kleinkriegen!«,

schrien die Dachdecker. »Lasst eure Señoras ruhig zappeln!«

Einer verlor dabei fast das Gleichgewicht und erntete unten großes Gelächter.

»Ihr braucht Ausdauer«, sagte die Gemüsefrau.

»Zäh müsst ihr sein bei so einem Tauziehen. Nicht nachgeben, auch nicht in Nebensachen. Lasst euch nicht zu einer halben Sache beschwatzen. Ich finde es schon in Ordnung, dass ihr der Gerechtigkeit ein bisschen nachhelfen wollt. Nur dürft ihr unterwegs nicht plötzlich Angst kriegen vor eurer eigenen Courage.«

Der Botenjunge Alcibiades tippte Marina an und flüsterte: »Wenn ihr einen schnellen Boten mit Fahrrad braucht, dann schickt nach mir.«

»Wenn das nur gut geht«, seufzte der Briefträger, der fast alle Mädchen kannte. Er blieb stehen und sah ihnen nach. »So was hat schon oft verheißungsvoll angefangen und ist zum Schluss doch ins Auge gegangen. Die Reichen werden sich das nicht gefallen lassen. Wenn es noch die Männer wären – na ja. Aber ihr habt es mit den Frauen der Reichen zu tun. Und die werden es euch heimzahlen, dass ihr sie in solche Verlegenheiten gebracht habt.«

Von der anderen Straßenseite näherten sich vier Frauen den Streikenden.

Sie trugen Köfferchen, Bündel und Tüten.

»Das sind die vom Hotel«, sagte Rita zu Luz. »Haben die heute alle miteinander frei?«

Die anderen blieben verlegen vor der ersten Reihe stehen.

»Hallo«, begrüßte Rita sie übermütig. »Hat euer Hotel Pleite gemacht?«

Die älteste, die als Köchin im *PARIS* arbeitete, lächelte verlegen und sagte dann: »Habt ihr was dagegen, wenn wir auch mitmachen? Wir sind zwar keine richtigen Hausangestellten, aber wir werden genauso mies behandelt wie ihr …«

»Großartig!«, rief Rita strahlend und hakte sich gleich bei der Köchin ein. »Ihr seid herzlich willkommen. Ein dreifaches Hoch dem Zuwachs!«

Es gab Gelächter, es wurde umarmt, die Neuen fügten sich in die Reihen ein.

»Die drei Mädchen vom *STERN VON RIO* wollen auch mitmachen«, berichtete die Köchin. »Sie wollten aber gleich hinauf zum Doktorsgarten gehen. Wenn wir hinkommen, sind sie sicher schon dort.«

Sie erntete Jubelgeschrei, so laut, dass alle Passanten stehen blieben und gafften.

»Da kommt so eine einfach aus der Hauptstadt herunter«, rief die Mutter von Inez und Maria einer anderen Waschfrau zu, der sie vor der Kirche begegnete, »und bringt solche neumodischen Ideen mit, und schon laufen ihr alle nach und tun alles, was sie sagt, und bringen damit sich und ihre Familien in große Gefahr. Das ist ja Aufruhr, was die da machen!«

»Wenn die ihre Forderungen durchdrücken«, raunte ein Müllmann einem anderen zu, »dann gibt es hier bald noch mehr Streiks, darauf wette ich.«

»Gar nicht schlecht, das Ganze«, murmelte der Gärtner,

der auf der Plaza ein paar geknickte Palmwedel abschnitt, als die Mädchen an ihm vorüberzogen. »Nur müsst ihr unbedingt einig bleiben.«

Auf dem Dach der Bank und auf dem Rohbau entbrannten heiße Diskussionen.

»Recht haben sie!«, schrie einer der Arbeiter und gestikulierte wild.

»Hei«, rief Rita ihrem Sergeanten zu, als sie an der Polizeistation vorüberschwenkten.

»Hei«, antwortete er kühl und verschränkte die Arme auf dem Rücken.

Sie löste sich aus der Reihe und ging zu ihm.

»Geht weiter«, rief sie den anderen zu. »Ich komme gleich nach.«

»Na?«, fragte sie. »Ich sehe, du bist sauer.«

»Bin ich auch«, antwortete er. »Du hättest mich vorher wenigstens fragen können. Unsereiner sieht da weiter.«

»Was heißt hier *unsereiner*?«, fragte Rita.

»Wir Männer«, antwortete der Sergeant.

Rita begann zu lachen.

»Denk doch an meine Reputation!«, flüsterte er.

»Pah«, antwortete sie. »Soll ich vielleicht nicht streiken, weil du Polizist bist?«

»Wenn du diese Haltung nicht aufgibst«, sagte er heiser, »wirst du noch im Gefängnis landen.«

»Und *wenn* es so käme?«, fragte sie und sah ihm in die Augen. »Dann würdest du mich nicht mehr kennen, nicht wahr?«

Er sah sie betroffen an, dann sagte er langsam: »Ich glaube, du sitzt auf einem zu hohen Ross. Du solltest dir darüber klar sein, dass du nichts weiter bist als ein Dienstmädchen.«

»Eben«, antwortete Rita heiter, »darüber bin ich mir sogar sehr klar. Deshalb streike ich ja mit.«

»Und mich, Sergeant bei der Polizei, setzt du aufs Spiel«, zischte er zornig.

»*Daher* weht der Wind?«, fragte Rita spöttisch.

»Und noch dazu das Schlafzimmer!«, rief er.

»Was für ein Schlafzimmer?«, fragte sie.

»Jetzt tu doch nicht so, als ob du dich nicht mehr erinnerst, dass uns die Safadis ihre alte Schlafzimmergarnitur versprochen haben, wenn wir heiraten«, rief er. »Sie ist noch gut erhalten. So was gibt es nur in besseren Häusern! Aber wenn du die Safadis jetzt verärgerst, hast du auch diese Chance verspielt.«

»Jetzt will ich dir mal was sagen«, rief Rita und warf den Kopf zurück. »Du bist mir einfach zu klein. Nicht der Sergeant, sondern du selber. Ein paar Nummern zu klein. Soll doch dieses blöde Schlafzimmer zum Teufel gehen!«

»Sprich leise!«, schnaubte der Sergeant.

»Nicht ich war scharf auf das Schlafzimmer, sondern du«, sagte Rita. »Lass dir's schenken und leg dich mit einer anderen rein.«

»Rita!«, rief er und sah sie mit wilden Augen an. »Was sagst du da?«

»Ich weiß, was ich gesagt habe«, antwortete sie ruhig, »und ich bleibe dabei, wenn du dich nicht änderst und dein

Mäusegehirn nicht etwas ausdehnst. Im Übrigen finde ich jederzeit einen anderen, wenn ich einen haben will. Sie winken mir alle zu. Adieu!«

Er sah ihr verstört nach, wie sie hinter den anderen Mädchen herlief und sich wieder in die bunte Reihe eingliederte.

War das ein Spaß, an den Gärten und Villen vorbeizuschlendern und in die offenen Fenster zu schauen! Da sah man Doña Leonor den Besen schwenken und Doña Rosalia nervös hinter den Kindern herlaufen. Juanito winkte und zeigte auf Josefina, aber Doña Rosalia schubste ihn ins Haus und drehte sich nicht nach den Mädchen um. Aus der Küche der Witwe Molina roch es angebrannt. Doña Beatriz konnte man erregt telefonieren sehen.

Als sie die Mädchen vorbeiziehen sah, zog sie hastig den Vorhang zu.

»Sie genieren sich«, sagte Luz.

»Hast du dich mit Mauricio verkracht?«, fragte Josefina leise.

»Und wie!«, flüsterte Rita zurück.

»Wie kannst du nur«, seufzte Josefina. »Alle beneiden dich um ihn.«

»Ihr seht alle nur die Achselklappen an ihm«, sagte Rita. »Ich hab aber keine Lust, mein ganzes Leben lang auf den Knien vor ihm zu liegen und ihn zu bewundern.«

»Ich würde ihn bewundern«, seufzte Josefina. »Wenn er nur was für mich übrig hätte.«

»Ach herrje«, rief Rita zornig, »warum hat er denn ausgerechnet *mich* haben wollen? Weil sich alle nach mir umschauen. Weil ich hübsch bin. Weil er stolzer Besitzer einer Frau sein möchte, die auch andere Männer gern besitzen würden. Aber das ist mir zu wenig. Ich will nicht nur Weibchen sein, verstehst du?«

»Nein«, antwortete Josefina ehrlich, »ich verstehe dich nicht. Da hast du das große Los gezogen, aber du zerreißt es und streust es in den Wind …«

14

Die erste Reihe der Streikenden bog aus einer Nebenstraße in die Allerheiligen-Allee ein und stieß dort fast mit Carmen zusammen, die auf dem Weg zur Mädchenschule war, um die siebenjährige Alicia Cántaro abzuholen. Alicia war vermutlich eines der verwöhntesten Kinder der ganzen Stadt, das nur in Erwachsenenbegleitung zur Schule gehen durfte und jeden Tag sofort nach dem Unterricht wieder abgeholt wurde.

Carmen erschrak. Sie fasste sich aber sogleich und tat gleichgültig. Sie wich den Streikenden aus. Sie versuchte, einen Bogen um sie zu schlagen und so schnell wie möglich weiterzukommen.

»Nanu«, rief Yolanda und hielt ihre Reihe an. »Bist du's, Carmen? Ich hab dich lange nicht gesehen. Warum bist du nicht zur Versammlung im Bus gekommen?«

»Nichts davon gewusst«, murmelte Carmen.

»Das stimmt nicht«, rief Maria. »Ich bin doch selber bei dir gewesen, am Nachmittag davor!«

Carmen schwieg und versuchte wieder weiterzukommen. Aber sie schnitten ihr den Weg ab.

»Bist du nicht eben bei den Cántaros rausgekommen?«, fragte Yolanda.

»Na und?«, fragte Carmen und schob die Unterlippe vor.

»Gestern warst du noch nicht bei den Cántaros«, sagte Nana, die sich nach vorn gedrängt hatte, empört. »Da war nämlich noch *ich* dort.«

»Habt ihr was dagegen?«, fragte Carmen spitz.

»Allerdings«, sagte Yolanda. »Hast du noch nichts vom Streik gehört?«

Auch die anderen Mädchen waren jetzt nachgekommen. Die ganze Schar umringte Carmen.

»Streik?«, fragte Carmen und tat überrascht.

»Stell dich nicht dumm«, sagte Luz.

»Ich komm gar nicht aus dem Haus«, antwortete Carmen gedehnt.

»Und warum bist du ausgerechnet heute auf Arbeitssuche gegangen?«, fragte Nana.

»Reiner Zufall«, sagte Carmen und kaute nervös an ihrem Kaugummi.

»Jetzt holst du augenblicklich deine Tüte raus und verziehst dich«, befahl Yolanda.

»Ich denke nicht daran«, sagte Carmen. »So eine Stellung kriege ich nie wieder: einhundertzwanzig Cruces!«

»Was?«, schrie Nana auf. »Und mir haben sie nur achtzig gezahlt!«

»Aha«, sagte Rita, die weiter hinten stand. »Der erste Erfolg unseres Streiks: Sie gehen mit den Löhnen rauf.«

»Jetzt lasst mich weitergehen«, sagte Carmen. »Ich muss das Kind abholen.«

»Das kann allein laufen wie alle anderen Kinder«, sagte Nana, die sonst so sanft war. »Oder Doña Mercedes soll es selber holen. *Du* jedenfalls verschwindest aus dem Haus der Cántaros. Das ist *mein* Haus, und dahin kehre ich wieder zurück!«

»Gut«, sagte Carmen. »Ich hole meine Tüte.«

Sie kehrte um und verschwand durch den Garten ins Haus. Die Mädchen warteten. Aber Carmen erschien nicht mehr. Stattdessen kam Doña Mercedes selber aus dem Haupteingang, einem säulengeschmückten Portal, und fuhr mit dem Wagen fort.

»Das hätten wir uns auch denken können«, sagte Yolanda.

»Die Carmen ist gerissen. Sie wird so schnell nicht wieder rauskommen, wenn sie uns hier stehen sieht.«

Sie zogen sich hinter die nächste Straßenecke zurück. Dort konnte man sie vom Anwesen der Cántaros aus nicht sehen. Sie aber hatten durch eine kahle Stelle in der Hecke das Haus im Auge.

»Wenn sie herauskommt, verkloppen wir sie«, sagte Yolanda.

Aber es kam anders. Ein Streifenwagen der Polizei fuhr vor und stoppte mit quietschenden Reifen neben den Mädchen. Ein Polizist sprang heraus, der zweite blieb am Steuer sitzen. Rita stellte erleichtert fest, dass keiner von beiden ihr Sergeant war. Es waren zwei ältere Männer, und der jetzt auf sie zukam und gestikulierte, war Nemesio Paz, einer aus der Hauptstadt, der sich ungeheuer wichtig machte und deshalb von den Leuten in Santa Monica nicht ernst genommen wurde.

»Geht sofort an eure Arbeit!«, rief er. »Ihr seid wohl größenwahnsinnig geworden! Am helllichten Tag hier rumstehen, fleißige Leute belästigen und faulenzen – das könnte euch so passen!«

»Ich wette, dass Doña Mercedes dahintersteckt«, flüsterte Nana. »Die Carmen hat uns verpetzt und jetzt soll uns die Polizei hier wegtreiben.«

»Blas dich doch nicht so auf, Paz«, sagte Rita, die es sich leisten konnte, ihn zu duzen, weil er Untergebener ihres Sergeanten war. »Heute ist nun mal alles anders: Heute ruhen wir uns aus, und unsere Señoras müssen arbeiten. Hast du denn gestern und alle die Tage und Jahre davor etwa auch unsere Señoras so angefahren wie jetzt uns?«

»Das ist etwas ganz anderes«, schimpfte Paz. »Die haben ja auch das Geld!«

»Das ist nicht unsere Schuld«, sagte Rita. »Ist Armsein etwa Schuld?«

»Ich lass mich hier doch nicht auf Diskussionen ein«, schnaubte Paz. »Geht sofort an eure Arbeit, oder es wird schlimme Folgen für euch haben!«

»Was für Folgen wird es denn haben?«, fragte Rita und kam näher. Sie legte ihren Kopf schief und beugte sich zu ihm herab, denn er war kleiner als sie. »Na?«, fragte sie und spitzte ihre Lippen zu einem Kussmund, »was wird es denn für Folgen für uns haben? Verrat's uns mal, ja?«

Er zog sich zum Wagen zurück. Was konnte er gegen diese Frechheit tun, wo sie doch die Verlobte seines Vorgesetzten war?

Die Mädchen hielten den Atem an. Was nahm sich Rita da heraus – auch wenn es nur der Paz war. Hoho! Hinter dem Paz stand der großmächtige Staat, und über den hatte sich Rita, die Kühne, jetzt lustig gemacht.

Würde er sich das gefallen lassen?

Ja, er ließ es sich gefallen, er kapitulierte. Gekränkt kletterte er in den Wagen, fuhr an und verschwand in einer Staubwolke.

Jetzt wagten die Mädchen zu lachen. Sie legten sich gegenseitig die Hände auf die Schultern und lachten lauthals.

»Du kannst dir einfach alles erlauben, Rita«, rief Josefina und wischte sich Lachtränen aus den Augen.

»Sie sind uns gegenüber völlig hilflos«, sagte Rita. »Wie sollen sie denn schon einen Haufen junger Frauen zu irgendetwas zwingen? Sie könnten uns schlimmstenfalls für eine Weile einsperren. Aber für so eine Menge Frauen haben sie gar kein Gefängnis, das weiß ich von Mauricio. So was ist bisher nie vorgekommen. Und wir haben ja auch kein Verbrechen begangen. Wir verweigern nur die Arbeit, das ist alles.«

»Würden sie uns wirklich einsperren«, sagte Yolanda, »so wäre das auch keine Lösung für unsere Señoras. Im Gefängnis können wir nicht für sie arbeiten.«

»Unser großer Vorteil ist«, sagte Luz, »dass sie uns so sehr brauchen. Wenn sie nicht auf uns angewiesen wären, wäre unser Streik für die Katz.«

»Schade«, sagte Rita, »dass wir das nicht schon viel früher begriffen haben.«

»Lucrecia wird fertig sein«, sagte Josefina. »Ich hab Hunger. Und ich meine, wir sollten nicht in einem so großen Haufen heimwandern. Das macht böses Blut.«

»Aber nein«, rief Rita. »Je auffälliger, umso besser – umso mehr Unruhe! Die wollen wir doch gerade!«

»Und die Carmen?«, fragte Nana, immer noch empört. »Sollen wir die hier etwa ruhig weiterarbeiten lassen?«

Sie beschlossen, eine Wache in der Seitenstraße zurückzulassen, die Cántaros Haus weiter beobachten sollte.

»Ihr werdet später abgelöst«, sagte Luz.

»Nein«, sagte Nana, »mich braucht ihr nicht abzulösen. Ich bleibe hier. Ich hab noch nie einen erwachsenen Menschen verhauen, aber hierbei will ich mitmachen. Ich hab Wut genug dazu in mir.«

Auch vor dem Haus des neuen Arztes fuhr ein Polizeiwagen vor.

Diesmal saß aber der Polizeichef Luis Vidal selber darin und der Sergeant steuerte. Don Luis stieg aus und schellte. Rebeca öffnete ihm die Tür.

»Sie wollen sicher mit meinem Mann sprechen«, sagte sie, führte ihn ins Wohnzimmer und ließ ihn dort allein. Da saß er nun in seiner Uniform, räusperte sich und versuchte, den neugierigen Blicken zweier Patienten auszuweichen. Schließlich stand er ärgerlich auf und schritt im Vorraum ungeduldig hin und her.

Dr. Alfredo Prat ließ ihn eine Weile warten, bevor er ihn in einen seiner Praxisräume komplimentierte.

»Sicher kommen Sie wegen Ihrer Schilddrüse zu mir, nicht wahr?«, sagte er.

»Wieso wegen meiner Schilddrüse?«, fragte Don Luis ziemlich verblüfft.

»Es stimmt etwas nicht mit ihr«, sagte Dr. Prat. »Das sieht man auf den ersten Blick.«

Don Luis schaute erschrocken in den Spiegel, rückte seine Krawatte zurecht, räusperte sich noch einmal und sagte: »Ich werde Sie in den nächsten Tagen als Patient aufsuchen. Jetzt aber bin ich in meiner Eigenschaft als Polizeichef von Santa Monica hier.«

Dr. Prat schwieg und wartete.

»Es handelt sich um die Mädchen in Ihrem Garten«, sagte Don Luis. »Sie haben zurzeit etwa achtzig bis neunzig Mädchen und Frauen in Ihrem Garten. Sagen Sie nicht, Sie wüssten nichts davon.«

»Ich hatte nicht vor, dies zu sagen«, antwortete Dr. Prat ruhig. »Ich weiß, dass sie da sind. Ich kann mir aber nicht vorstellen, dass dies strafbar sein sollte.«

»Das nicht gerade«, sagte Don Luis. »Aber ...«

»Sie betragen sich doch sehr ordentlich«, unterbrach ihn Dr. Prat. »Ich habe ihnen den Garten zur Verfügung gestellt, weil mich meine Hausangestellte darum gebeten hat. Sie wollen ein Fest feiern. Wie ich eben sah, kochen sie sich eine Suppe und singen. Sie machen keinerlei ungebührlichen Lärm. Warum sollte ich ihnen dieses Gartenfest nicht erlauben?«

»Gartenfest?«, rief Don Luis. »Sie haben ein Streikzentrum in Ihrem Garten!«

»Na und?«, fragte Dr. Prat trocken.

»Die Autoritäten der Stadt wünschen, dass die Mädchen sofort an ihre Arbeitsstätten zurückkehren«, sagte Don Luis.

»Wenn die Autoritäten dafür sorgen, dass die Forderungen der Mädchen erfüllt werden, dann werden die Mädchen sicher sofort an ihre Arbeitsstätten zurückkehren«, sagte Dr. Prat.

Auf der Stirn des Polizeichefs zeigten sich Schweißtröpfchen. »Man kann doch nicht auf die Forderungen dieser politisch völlig unmündigen jungen Dinger eingehen!«, rief er. »Dann würden sie ja nach und nach immer mehr fordern!«

»Freilich«, sagte Dr. Prat. »Es gibt ganz clevere Mädchen darunter, die haben das genau erkannt. Und sie haben Recht. Warum sollten Dienstmädchen eigentlich *nicht* für bessere Arbeitsbedingungen kämpfen?«

»Ihre Meinung wird die Bürger Santa Monicas ziemlich schockieren«, sagte Don Luis.

»Sie meinen die *wohlhabenden* Bürger Santa Monicas, nicht wahr?«, sagte Dr. Alfredo Prat. »Übrigens pflege ich meine Meinung nicht an deren Wirkung auf meine Mitbürger zu orientieren.«

»Wenn diese Mädchen keinen Ort hätten, wo sie ungestört zusammenkommen und beraten und organisieren können, würde ihr Streik bald zusammenbrechen«, sagte Don Luis. »Streik bedeutet Unruhe, und an Unruhe ist kein Bürger unserer Stadt interessiert. Deshalb werden wir unter Umständen Ihren Garten mit Gewalt räumen.«

»Es ist mein Garten«, antwortete Dr. Prat schroff. »Ich habe ihn samt dem Haus vor fünf Wochen gekauft.«

»Das Interesse der Allgemeinheit geht vor«, sagte der Polizeichef mit unbewegtem Gesicht.

»Wenn Sie Ihre Leute auch nur einen Fuß in meinen Garten setzen lassen«, sagte Dr. Prat, »dann schließe ich noch heute meine Praxis und kehre morgen Früh mit meiner Familie nach Andagoya zurück. Das können Sie den Autoritäten mitteilen.«

Don Luis erhob und verbeugte sich und verließ mit knappem Gruß das Haus. Missmutig fuhr er davon.

»Jetzt bin ich gespannt«, sagte Rebeca, die gelauscht hatte, zu Alfredo.

Aber es geschah nichts.

15

Don Luis erstattete dem Bürgermeister telefonisch Bericht. Der reagierte gereizt.

»Wer weiß, wie ungeschickt du ihn angefasst hast«, sagte er. »Es ist doch kaum vorstellbar, dass ein Bürger in einer so angesehenen Position so eine Einstellung hat, was diesen Streik betrifft …«

»Über seine Einstellung hat er keinen Zweifel gelassen«, sagte Don Luis. »Ich hab schon öfters gehört, dass es in der Hauptstadt solche Freigeister gibt, die es schick finden, wenn sie mit den Armen paktieren. Aber dass ausgerechnet wir so einen gekriegt haben …«

»Sei es, wie es sei«, knurrte der Bürgermeister. »Wir können diesen Mann jedenfalls nicht vergrämen, denn wir sind auf ihn angewiesen. So schnell bekämen wir keinen anderen Arzt. Stürmung und Räumung seines Gartens können wir also vergessen. Mehr verspreche ich mir von einem Gespräch mit Doña Natalia. Versuch sie zum Einlenken zu bewegen.«

»Hab ich schon«, rief Don Luis ärgerlich. »Gleich heute Morgen! Nichts zu machen. Stur. Will überhaupt nichts davon hören! Im Gegenteil – will sich bei dir über mich und die Polizei beschweren. Mich wundert, dass sie's noch nicht getan hat.«

»Sie wird's wohl versucht haben, so wie ich sie kenne«, antwortete der Bürgermeister. »Aber sie hat mich nicht an den Apparat bekommen. Ich war ja die ganze Zeit mit dem Gouverneur zusammen. Und ich gedenke auch den ganzen heutigen Tag keine Zeit für sie zu haben. Der Gouverneur nimmt mich ganz in Anspruch. Ich muss ihn abschirmen. Wenn er bloß von dieser ganzen Sache nichts erfährt! Es wäre mehr als peinlich. Wir müssen die Sache allein in den Griff kriegen. Sieh zu, wie du klarkommst. Tu dein Möglichstes. Vielleicht gelingt es dir, die Rädelsführerinnen festzunehmen – aber unauffällig! Inzwischen werde ich meine Frau zu Doña Natalia schicken.«

Im Laufe des Nachmittags nahmen die Anrufe bei Doña Natalia zu.

»Nein, ich will davon nichts mehr hören!«, rief sie jedes Mal in die Muschel, und jedes Mal wurde ihre Stimme schriller. »Ich lasse mich durch nichts und niemanden umstimmen!«

»Aber unsere Reise!«, klagte Herr Moreno.

Doña Natalia hatte schon aufgelegt. Als das Telefon das nächste Mal schrillte, nahm sie den Hörer nicht mehr ab.

Gegen halb vier kam eine Delegation der vornehmsten Damen der Gesellschaft zu ihr, und es blieb ihr nichts anderes übrig, als sie zu empfangen.

»Du weißt sicher, weshalb wir kommen, Natalia«, begann Doña Lucila, die Frau des Bürgermeisters.

»Jaja, ich weiß, ich weiß«, rief Doña Natalia nervös. »Aber ich bleibe bei meinem Entschluss, nicht klein beizugeben. Ich verliere mein Gesicht und ihr alle mit mir! Sollen wir uns denn von denen die Löhne diktieren lassen?«

»Gewiss, du hast ganz Recht«, sagte Doña Lucila sanft, »aber dieser Streik traf uns völlig unvorbereitet. Unsere Situation ist unhaltbar. Zum Beispiel meine: Mein Mann hatte den Gouverneur eingeladen, in unserem Haus Gast zu sein, solange er hier in Santa Monica weilt. Aber wie soll das geschehen, wenn ich kein Mädchen habe? Soll ich ihm vielleicht selber bei Tisch das Essen servieren? Wie peinlich, ihm ein Haus ohne Dienstmädchen anzubieten! Die Wahrheit können wir ihm auf keinen Fall gestehen. Sie wäre zu blamabel für unsere Stadt: Dienstmädchenstreik! Das wäre ein Eingeständnis, dass wir mit unseren Dienstmädchen nicht fertig werden. Sonst müssten wir zu einer Notlüge greifen. Unter irgendeinem Vorwand müsste ihn mein Mann ins Hotel umquartieren. Aber vermutlich würde er sich sehr darüber ärgern. Was für unvorhersehbare Auswirkungen könnte seine Verstimmung auf die Zuwendungen haben, die wir von ihm erwarten, wir Bürger Santa Monicas!«

Doña Natalia blieb hart.

»Wenn du so wenig bereit bist, uns in einer Notlage beizustehen«, sagte Doña Lucila schließlich, »brauchst du dich nicht zu wundern, wenn auch wir zukünftig nicht mehr mit dir kooperieren.«

Damit erhob sie sich würdevoll und rauschte hinaus, und hinter ihr drängten sich die Damen, die sie begleitet hatten.

Keine einzige drehte sich um, keine grüßte.

»Die Cántaros haben wieder ein Dienstmädchen«, flüsterte Doña Beatriz Doña Lucila zu, als sie wieder auf der Straße standen und sich ratlos ansahen. »Sie haben es heute Morgen in Dienst genommen. Vielleicht könntest du Mercedes bewegen, es dir für heute und morgen zu leihen?«

»Das ist keine schlechte Idee«, sagte Doña Lucila hoffnungsvoll. »Natürlich werde ich Mercedes dafür auch wieder einen Gefallen tun müssen, aber was bleibt mir anderes übrig?«

Die Damen eilten zum Haus der Cántaros. Nana, Luz und Yolanda sahen sie aufgeregt vorüberstöckeln. Sie selber kauerten hinter dem Kiosk auf der Gartenmauer, verborgen zwischen Gebüsch.

Doña Mercedes wollte Doña Lucila diese Hilfe nicht versagen, nein, so dumm war sie nicht, man musste sich mit dem Bürgermeister immer gut stellen, und natürlich musste auch Carmen gefragt werden.

Carmen wollte nicht.

»Ich geh keinen Schritt aus dem Haus«, sagte sie. »Die anderen lauern mir auf. Sie wollen mich verhauen.«

»Aber nein doch, meine Liebe«, sagte Doña Lucila. »Draußen ist niemand. Wir sind zu Fuß hierhergekommen. Uns sind nur ein paar Kinder auf der Straße begegnet.«

Sie strich Carmen mitleidig über das Kraushaar.

»Das arme Ding, es ist völlig verschüchtert«, sagte sie zu den anderen Damen. Dann wandte sie sich wieder Carmen zu.

»Falls es dir eine Beruhigung ist«, sagte sie, »so kannst du jetzt gleich mit mir gehen. Wenn ich bei dir bin, wird niemand wagen, dich zu verhauen.«

Damit war zwar Carmen einverstanden, nicht aber Doña Mercedes.

»Ich bin selber in großer Bedrängnis«, sagte sie. »Heute Nachmittag brauche ich sie noch. Der Gouverneur wird ja auch erst zum Abendessen bei dir erscheinen, nicht wahr? Wenn ich sie ab sechs Uhr freigebe, ist uns beiden geholfen.«

Dagegen konnte Doña Lucila nichts einwenden.

»Ich werde also um sechs Uhr hier sein und dich abholen«, sagte Doña Lucila zu Carmen.

»Und was bekomme ich für die Arbeit bei Ihnen?«, fragte Carmen.

»Aber Kind«, sagte Doña Lucila vorwurfsvoll, »du bekommst doch deinen festen Lohn hier im Hause. Die zwei Tage auszuhandeln ist Sache zwischen mir und Doña Mercedes.«

»Wenn das so ist, dann komme ich nicht«, sagte Carmen, flocht die Finger ineinander und schloss die Augen bis auf einen schmalen Spalt. Die Damen warfen sich bestürzte Blicke zu.

»Nun denn – zehn Cruces«, sagte Doña Lucila verstimmt. »Zwanzig«, sagte Carmen und öffnete ihre Augen wieder. Eine der Damen stieß einen kleinen Schrei aus.

»Himmel!«, rief Doña Lucila, hatte sich aber sofort wieder in der Gewalt. »Also zwanzig.«

Sie verabschiedete sich von Doña Mercedes, die vieldeutig lächelte, und bedankte sich für ihr Entgegenkommen.

Draußen auf der Straße sagte eine der Damen plötzlich: »Wenn dieser Streik nicht gekommen wäre, säßen wir jetzt bei dir, Beatriz, gemütlich um den Kaffeetisch.«

Sie lächelten einander wehmütig zu.

»Ja«, sagte Doña Beatriz traurig, »die Torten stehen noch da. Ich habe sie nicht mehr abbestellen können. Ich muss sie wegwerfen.«

»Wie wäre es«, rief Doña Leonor plötzlich, »wenn wir jetzt schnell zu dir in die Küche gingen und die Torte sozusagen aus der Hand äßen. Ich muss nämlich gestehen, dass ich einen mächtigen Appetit habe. Bei uns gab's kein richtiges Mittagessen, nur ein belegtes Brot, und fertig.«

»Kein schlechter Gedanke«, sagte Doña Lucila, die vor lauter Aufregung das Mittagessen übergangen hatte und jetzt ebenfalls Hunger verspürte. »Aber schnell muss es gehen. Ich muss sofort wieder heim.«

Das mussten die anderen auch. Sie liefen noch einmal ins Haus der Cántaros zurück und luden auch Doña Mercedes zu diesem Stehkaffee ein, weil sie zu den geladenen Gästen des Kaffeekränzchens gehört hatte und nicht gekränkt werden durfte.

»Aber wirklich nur ein Weilchen«, sagte Doña Mercedes. »Um halb fünf muss ich meine Tochter aus der Schule abholen.« Und zu Carmen gewandt sagte sie: »Ich bin gleich wieder da.«

Die Ordnung war sowieso ganz und gar aus den Fugen, deshalb kam es auf eine Verletzung der Formen auch nicht mehr an.

Und so kochte Doña Beatriz in aller Eile einen Kaffee, und die Damen standen in der Küche um den Tisch, an dem sonst Flor zu essen pflegte, schnitten sich selber Tortenstücke ab, schubsten sie auf Teller, die sie im Küchenschrank fanden, und aßen im Stehen mit Kuchengabeln, die nicht aus Silber waren.

»Eigentlich ganz amüsant«, sagte Doña Leonor, die schon immer einen Hang zum Extravaganten gehabt hatte. »Mal was anderes.«

»Aber wartet doch, ich hole schon mein Porzellan!«, rief Doña Beatriz hastig.

»Es geht auch so«, antwortete Doña Mercedes. »Wir wollen dir keine Extraarbeit machen und außerdem müssen wir schnell wieder nach Hause.«

Aber als Doña Mercedes nach einer Viertelstunde wieder zurückkam, war keine Carmen mehr da. Während die

Damen beim Stehkaffee waren, hatten sich Nana, Luz und Yolanda ins Haus geschlichen, hatten Carmen, die sie in der Mädchenkammer fanden, ein paar kräftige Ohrfeigen versetzt, und dann hatten Luz und Yolanda Carmen zu beiden Seiten untergehakt und aus dem Haus gezerrt. Nana lief mit Carmens Tüte, die noch nicht einmal ausgepackt war, hinterher.

»Nana hat ein Messer in der Hand«, sagte Luz leise. »Wenn du schreist, sticht sie zu.«

Carmen schrie nicht. Sie schwitzte. Niemand sah sie fortgehen, denn die Dame aus dem Nachbarhaus war auch bei Doña Beatriz und die von gegenüber ebenfalls. Und die Witwe Medina hielt Siesta bei herabgelassenen Rollläden. Nur ein dreijähriges Mädchen auf dem Bürgersteig rief: »Hallo, Nana!«, und Nana winkte ihr.

Sie führten Carmen bis in die Nähe des Flusses. Dort händigte ihr Nana die Tüte aus, und Luz sagte: »Wenn du's noch einmal wagst, während des Streiks eine Stellung anzunehmen, verhauen wir dich so, dass du nicht mehr aufrecht gehen kannst. Was du heute bekommen hast, war nur ein kleiner Vorgeschmack. Und komm ja nicht auf den Gedanken, uns zu verpfeifen. Erstens würde dir sowieso niemand glauben, und zweitens hättest du alle Dienstmädchen von Santa Monica für alle Zeiten gegen dich. Das willst du doch nicht riskieren, nicht wahr?«

Nein, das wollte Carmen nicht. Sie riss die Tüte an sich, warf Nana noch einen schrägen Blick zu und verschwand eilig zwischen den Hütten. »Der Trick mit dem Messer war gut«, sagte Nana. »Gott sei Dank hat sie sich nicht umgedreht.«

16

Während der größten Nachmittagshitze waren die Zaungäste verschwunden, und die Mädchen hatten sich in die Schatten der Bäume zurückgezogen. Aber gegen Abend wurde es im Doktorsgarten und rund um die Mauer wieder lebendig. Der Garten lag an einer Straßenecke, und an der dritten Seite grenzte er zur Hälfte an ein unbebautes Grundstück. So gab es Platz genug für alle Neugierigen. Sie ermunterten die Mädchen und feuerten sie an.

»Haltet aus!«, riefen sie. »Lasst euch nicht einschüchtern!«

Maribel, die Quirlige, hatte eine Idee.

»Wenn wir hier schon alle zusammen sind und nichts zu tun haben«, rief sie, »warum feiern wir dann nicht ein Fest?«

Diese Idee steckte an. Sie kam auch den Zaungästen zu Ohren und zündete sofort. »Ja, ein Fest! Warum nicht ein Fest?«

»Schön und gut«, sagte Susana. »Aber wir müssen mit unseren Vorräten Haus halten und zu trinken haben wir nichts außer Wasser.«

»Wir sorgen für alles Nötige!«, riefen die Zaungäste, und schon verschwanden sie, verhandelten, legten Geld zusammen, sammelten bei den Sympathisanten, schleppten Körbe voll Esswaren heran und Kästen voll Cola, trieben einen Akkordeonspieler und drei Gitarristen auf und veranlassten Eismänner, einen Bauchladenhändler, sowie einen Würstchenbrater und zwei Maistaschenbackerinnen, sich neben dem Eingang zum Doktorsgarten niederzulassen. In Windeseile sprach sich herum, dass es ein Fest geben sollte, und die Armen der Stadt strömten rings um das Anwesen des Arztes zusammen.

»Herein können sie nicht«, sagte Alfredo zu Susana. »Dazu ist der Garten zu klein. Aber ihr könnt ja vor die Mauer gehen, um zu feiern.«

Und so fand das Fest halb drin, halb draußen statt, und es wurde wahrhaftig ein ganz großes Fest. Während sich der Bürgermeister in höchsten Nöten doch noch selber telefonisch bemühte, Doña Natalia umzustimmen, und, als ihm dies nicht gelang, den Gouverneur schließlich mit der Entschuldigung, seine Frau sei plötzlich erkrankt, im Hotel unterbringen musste, wurde im Doktorsgarten und um ihn herum gefeiert. Innerhalb und außerhalb der Gartenmauer wurde gekocht, gebraten, gebacken und gegrillt, und weil so ein Fest mit aller Inbrunst gefeiert werden musste, gaben viele mehr Geld aus, als sie sich leisten konnten. Da wurden die letzten Centavos zusammengesucht für eine Maistasche oder eine Cola oder ein Würstchen. Als der Mann mit den Luftballons kam, bestürmten die Kinder ihre Eltern. Es wimmelte von Kindern, die dicht gedrängt auf der Mauer saßen, ihre Beine in den Garten hineinbaumeln ließen und neugierig umherspähten. Zwischen ihnen kauerten Burschen, die mit Dienstmädchen befreundet waren. Manche der Mädchen kletterten auf die Mauer und ließen sich neben ihren Freunden nieder. Besorgte Eltern, die Töchter unter den Mädchen im Garten hatten, brachten Verpflegung und wussten nicht, ob sie tadeln oder Mut zusprechen sollten. Auch viele Verwandte reckten ihre Köpfe in den Garten und kommentierten den Streik.

Ein Feuer prasselte in der Mitte des Gartens, es erhellte, als es Nacht wurde, die ganze Szene. Lucrecia war in ihrem Element, dies war ihr ganz großer Tag! Wie ein General dirigierte sie das Geschehen rings um das Feuer. Hier konnte sie endlich einmal zeigen, dass sie viel zu schade dafür war, ihre Fähigkeiten immer nur der Familie Gonzalez zugute kommen zu lassen. Sie hatte das Zeug dazu, eine ganze Volksküche zu leiten! Sie kalkulierte und improvisierte, sie rührte und kostete, sie leitete ihre Helferinnen an und rief das Volk, als es so weit war, an Kessel und Spieß.

Inzwischen waren auf dem unbebauten Grundstück neben dem Garten auch einige Lagerfeuer angefacht worden. Dort kochten und brieten einzelne Familien ihr eigenes Festessen. Schnapsflaschen wurden herumgereicht. Die Kinder lärmten, die jungen Leute sangen, an der Mauer lehnten Pärchen und küssten sich. Es war eine herrliche, laue Nacht. Aus der Wildnis des unbebauten Grundstücks duftete es intensiv nach Fenchel und Minze, und im hohen dürren Gras zirpten die Zikaden. Über die Mauer neigte sich ein blühender Tamaibabaum und verstreute seine roten Blütenblätter. In den Nachbargärten waren die Fenster erleuchtet, und der Himmel glitzerte.

»Feiert, ihr Leute!«, rief Rita. »Feiert unseren Zusammenhalt! Feiert unsere Einigkeit!«

»Feiert, dass die Reichen jetzt hilflos auf dem Rücken liegen wie umgedrehte Schildkröten!«, jubelte Maribel.

Die Leute klatschten und lachten. Der Akkordeonspieler

und die drei Gitarristen fanden sich auf der Mauer zusammen und verständigten sich auf einen Tanz, der allen in die Beine fuhr.

Im Nu bildeten sich Paare. Bald wogte die ganze Straße, die außerhalb der Mauer vorüberführte. Chöre verstärkten das Orchester. Rita, nach der alle Burschen ausschauten, wechselte ihren Partner von Tanz zu Tanz. Sie warf den Kopf zurück und lachte und schob jeden weg, der ihr zu nahe kam. Nicht Susana, sondern Rita war die Königin des Festes!

»Warum heiratest du nicht?«, fragte sie einer der Tänzer. »Bist du nicht schon zwanzig Jahre alt?«

»Erst will ich noch lernen«, antwortete sie. »Eine ganze Menge, vor allem Lesen und Schreiben. Die meisten Buchstaben hab ich mir schon selber beigebracht, aber ich will fließend lesen können, bevor ich heirate. Damit ich die Plakate und die Zeitung lesen kann, verstehst du? Dann kann ich mir nämlich selber eine Meinung bilden.«

»Dann wirst du als Ehefrau gefährlich«, sagte der Tänzer und zog eine Grimasse. »Wer weiß, ob du dann noch einen Mann findest, so schlau, wie du dann bist.«

Die Leute waren wie betrunken von der Musik und dem Duft, sie klatschten im Takt und sangen mit und waren außer sich vor Freude. Sie erkannten nicht den Polizeiwagen, der sich von hinten heranschob. Erst als vier Polizisten heraussprangen und sich mitten in das Gewühl drängten, brach die Musik ab.

»Vorsicht, Polizei!«, schrie ein junger Bursche. »Ihr Mädchen, schnell in den Garten!«

Die Burschen deckten die Mädchen, schubsten sie zur Pforte hinein oder halfen ihnen über die Mauer. Nur Rita blieb stehen und lachte, und da hatte der Sergeant sie auch schon gepackt, und Paz griff auch mit zu. Gemeinsam versuchten sie, sie zum Wagen zu zerren, während die anderen Polizisten die erbosten Zuschauer zurückdrängten.

»Werdet ihr sie wohl loslassen?«, schrie eine Frau auf der Mauer. »Was hat sie euch getan?«

»Die muss mit«, keuchte Paz. »Sie ist eine Rädelsführerin und hat sich über die Polizei lustig gemacht!«

»Nicht über die Polizei, sondern über dich«, sagte Rita.

»Warte nur, im Loch wirst du schon klein werden«, keuchte Mauricio, »ganz klein ...«

»Darauf kannst du lange warten«, antwortete Rita.

Da gab ihr Mauricio eine Ohrfeige.

Das brachte die Menge in Wut. Ein paar Burschen drängten sich zwischen Rita und die Polizisten. Sie bildeten einen dichten Kreis um Mauricio und Paz und schoben sie fort. Es entwickelte sich ein Handgemenge, in dessen Verlauf die beiden Polizisten entwaffnet und dann mit großem Hallo auf das freie Grundstück hinter dem Doktorsgarten geschleppt wurden.

Auch die beiden anderen Polizisten gerieten in Schwierigkeiten. Sie wurden mit den Gaffern nicht fertig. Drängten sie sie hier zurück, schoben sie sich dort wieder vor. Schon erlaubten sich ein paar Burschen zu lachen. Ein paar Steine flogen. Einer der Polizisten geriet in Panik und schoss in die Luft.

»Bist du verrückt?«, rief Nanas Ladengehilfe dem Schützen zu. »Hast du nicht selber eine Schwester unter den Mädchen, Emilio? Und du, Manuel, bist doch über beide Ohren in Flor verknallt!«

»Wir sind im Dienst«, knurrte Manuel.

»Und wenn schon«, rief der Ladengehilfe. »Im Grunde haltet ihr doch zu den Mädchen!«

»Aber nicht im Dienst«, antwortete Emilio unwirsch. »Glaubt ihr vielleicht, wir wollen unseren Job verlieren? Ich hab eine Frau und drei Kinder!«

»Die sind auch hier«, sagte der Ladengehilfe trocken. »Dort drüben.«

Er zeigte auf eine Frau, die sich mit drei Kindern hinter den Würstchenstand geflüchtet hatte.

»Tomasina!«, brüllte Emilio ihr zu. »Bring die Kinder weg! Verschwindet sofort! Hier wird gleich geknüppelt!«

»Ihr werdet doch nicht knüppeln«, sagte ein älterer Dachdecker. »Das hier sind eure eigenen Leute!«

»Befehl ist Befehl«, schnauzte Manuel nervös. »Zurück! Fort mit euch! Zerstreut euch!«

Sie schwenkten die Knüppel. Die Menge wich zurück.

»Hierher!«, hörte man Mauricio von dem brachliegenden Grundstück her brüllen. »Alle Mann hierher!«

Die beiden Polizisten erstarrten und wandten ihre Köpfe in Richtung des Rufs. Sie hörten Paz jämmerlich schreien.

»Ihr braucht euch nicht zu beeilen«, sagte der Ladengehilfe. »Die beiden werden jetzt im Dunkeln erst mal verdroschen. Dagegen habt ihr doch nichts, oder? Alle, die Rita mögen, machen dort mit, und das sind viele. Geht ihr hin, kriegt ihr auch was ab, denn wir sind in der Überzahl. Ihr habt uns heute Abend unterschätzt. Da hättet ihr schon mit einem größeren Aufgebot kommen müssen. Auf jeden von euch kommen zwanzig oder dreißig von uns. Dabei zähle ich nur die Männer.«

Die Polizisten warfen einander unsichere Blicke zu.

»Nun seid doch vernünftig«, sagte ein junger Maurer.

»Lasst euch nicht von den Reichen zu ihren Handlangern machen. Diese hundert Dienstmädchen im Garten sind doch keine Verbrecherinnen.«

»Die Reichen bezahlen uns aber, wir sind auch von ihnen abhängig«, rief Emilio.

»Dann haltet euch wenigstens raus und seht zu«, sagte der Ladengehilfe. »Ihr könnt ja mitfeiern. Es gibt Spießbraten und Anisschnaps.«

»Da wird nichts draus«, knurrte Manuel und hob wieder den Knüppel. »Wir kämen in Teufels Küche. Nicht auszudenken!«

»Jetzt hör doch mal mit deinem Gefuchtel auf«, rief der ältere Dachdecker mit dem Schnauzbart. »Wie wär's, wenn ihr euch von uns überwältigen lasst? Dort drüben im Dunkeln, wo ihr uns nicht erkennen könnt? Brüllt, rauft, knallt, damit es echt aussieht. Wir besorgen euch ein paar saftige Stücke vom Spießbraten und eine Pulle Schnaps …«

»Keinen Schnaps«, sagte Emilio. »Den riecht man hinterher. Aber sich einmal so richtig mit Fleisch vollstopfen, bei dem elenden Gehalt, dafür würde ich mich glatt überwältigen lassen.«

»Also dann los«, rief der Ladengehilfe. »Aber verpfeift uns nicht.«

»Ihr uns auch nicht«, antwortete Manuel. »Und sorgt dafür, dass der Braten noch heiß ist, bis er zu uns kommt.«

Jämmerlich verprügelt, ohne Mützen und Waffen, schleppten sich der Sergeant Mauricio Ramirez und sein Untergebener, Nemesio Paz, unter Applaus und Gelächter zum Wagen zurück. Mauricios Nase blutete, Nemesio Paz hatte das linke Auge geschwollen. Kinder umschwärmten sie. Der Sergeant schaute sich nach seinen übrigen Männern um, er konnte nicht über die Köpfe der Menge hinwegsehen. Er befahl Paz, sie zu suchen, aber der verweigerte den Gehorsam, weil er vor Schmerzen nichts mehr begriff. Der Sergeant stolperte zum Wagen, um die Mauer der feixenden Zuschauer zu zwingen, sich zu öffnen. Aber auch der Wagen verweigerte den Gehorsam, auf diese kleinen Tricks verstand man sich in Santa Monica. Es blieb dem Sergeanten nichts anderes übrig, als fluchend zur Polizeistation zu wanken, gefolgt von Paz, dem einer der Burschen die Waffen unter den Arm schob – die beiden Gummiknüppel und die entladenen Revolver. Rita, die Befreite, stand auf der Mauer und lachte.

Währenddessen stürzten sich die beiden anderen Polizisten auf die Bratenstücke, die der Dachdecker herangeschleppt hatte, und schütteten reichlich Cola nach. Auch Maistaschen hatte Lucrecia mitgeschickt, gebratene Bananen und ein paar Scheiben Käse: Was die Polizisten geleistet hatten, sollte gebührend honoriert werden. Entwaffnet saßen sie im Dunkeln nebeneinander an die Gartenmauer gelehnt und schlangen. Als sie übersatt waren, gaben die

Burschen noch jedem eine Zigarette, bevor sie sich freundschaftlich voneinander verabschiedeten.

»Die Mädchen lassen euch danken«, sagte der Ladengehilfe. »Vor allem Rita.«

»Gern geschehen«, antwortete Manuel. »Sie sollen sich nicht kleinkriegen lassen. Und ich lasse Flor grüßen.«

»Was habt ihr mit Ramirez und Paz gemacht?«, fragte Emilio. »Wo sind sie?«

»Zu Fuß heimgelaufen«, antwortete der Maurer. »Den Wagen haben sie stehen lassen.«

»Paz hat den Schlüssel«, sagte Emilio. »Also müssen wir auch zu Fuß gehen.«

Flor winkte Manuel von der Mauer nach. Er drehte sich noch ein paarmal um, winkte zurück und warf ihr sehnsüchtige Blicke zu.

Emilio rülpste zufrieden: Was für ein herrlicher Nachteinsatz!

Kaum waren die Polizisten verschwunden, zerstreute sich in aller Eile auch die Menge. Der Würstchenbrater karrte davon, die beiden Eismänner schoben ihre Wägelchen eilig ins Dunkel hinein, die Frauen, die Maistaschen verkauften, schleppten ihre Ölkessel fort. Zwischen den Alleebäumen verschwand der Mann mit den letzten Luftballons. Mütter zerrten Kinder hinter sich her, die Burschen machten den Polizeiwagen wieder flott und verabschiedeten sich von ihren Mädchen.

»Bleibt alle im Garten«, sagten sie. »Bald wird der nächste Schub Polizisten kommen. Im Garten passiert euch nichts.« Dann verschwanden auch sie.

Als eine Viertelstunde später ein ganzer Lastwagen voller Polizisten mit quietschenden Reifen neben der Gartenmauer hielt, war die Umgebung wie leer gefegt: kein Mensch weit und breit, ringsum Stille mit Zikadengezirp und im Garten verstreute Gruppen schlafender Mädchen, eng aneinandergedrängt, manche in Decken gewickelt, und im Aschenhaufen noch ein wenig Glut. Die Fenster des Arzthauses waren hell erleuchtet, der Doktor war also noch wach, und das Gartentor war verriegelt.

Nein, der Garten durfte nicht betreten werden, das war Befehl. Unschlüssig standen die Polizisten eine Weile herum, dann befahl der Chef, Don Luis Vidal, das unbebaute Grundstück neben dem Doktorsgarten abzusuchen. Außer Papier, leeren Flaschen, Kippen und Aschenhäufchen fanden sie nichts, nicht einmal schon längst abgenagte Knochen. Die hatten sich längst die streunenden Hunde Santa Monicas geholt.

Zur Überraschung des Chefs war der Jeep, der verlassen in einer Nebenstraße stand, durchaus fahrbereit, und so rückte das schwer bewaffnete Kommando nach einer Viertelstunde wieder ab. Die Mädchen kicherten ihm nach.

»Was für ein Aufwand für uns«, staunte die kleine Lola, die sich mit Lena angefreundet hatte.

»Und das alles nur, weil ich um Lohn gebeten hab!«, flüsterte Marta überwältigt.

»Bilde dir nur nicht zu viel darauf ein«, knurrte Lucrecia.

»Wäre es nicht wegen dir, wäre es wegen einer anderen. Die Zeit war reif dafür, das ist alles.«

17

Im Lauf der Nacht wurden drei Fenster von Doña Natalias Villa eingeschlagen. Don Fernando alarmierte die Polizei, aber die Steinwerfer blieben unerkannt.

Gleich am nächsten Morgen schickte Doña Natalia ihren Ehemann, den Viehhändler Fernando Gonzalez, einen der reichsten Männer der Stadt, zum Bürgermeister.

»Wenn du persönlich erscheinst, wirkt es mehr«, sagte Doña Natalia. »Trumpf auf. Werde massiv. Die Stadtverwaltung ist uns Schutz schuldig. Wir sind friedliche Bürger und zahlen eine Menge Steuern. Wir haben ein Recht darauf, von Dienstmädchen bedient zu werden, und wir haben ebenso ein Recht auf Nachtruhe und Sicherheit. Wenn er nicht heute noch energisch dafür sorgt, dass dieser lächerliche Dienstmädchenstreik aufhört und die Mädchen zu ihren Herrschaften zurückkehren, werden wir alle Hebel in Bewegung setzen, um uns Recht zu verschaffen. Deute an, dass wir den Bürgermeister um seinen Posten bringen können, wenn es uns gefällt. Der Gouverneur ist in unserer Stadt. Er braucht nur zu erfahren, was sich zurzeit in dieser Stadt abspielt: Dass der Bürgermeister nicht in der Lage ist, die übermütig gewordenen Dienstboten in ihre Schranken zu weisen. Und schon ist Eduardo die längste Zeit Bürgermeister gewesen, das versichere ich dir!«

»Eduardo ist unser Freund«, wagte Don Fernando zu bemerken. »Wir können ihm nicht in den Rücken fallen.«

»Was heißt hier Freund?«, rief Doña Natalia erbost. »Sollen wir uns diese Demütigungen etwa gefallen lassen?

Noch dazu von diesem Pack? Denke an deinen Namen, deine Ehre, Fernando. Oder willst du, dass sich die ganze Stadt über uns lustig macht?«

»Wenn der Gouverneur davon erfährt«, antwortete Don Fernando, »werden auch die Zeitungen davon erfahren. Dann wird sich das ganze Land über *unsere Stadt* lustig machen.«

»Die Ehre unserer Familie steht mir näher«, sagte Doña Natalia scharf. »Geh zu Eduardo, mach ihm die Hölle heiß! Und wenn er zögert, uns Recht zu verschaffen, gehst du zum Gouverneur!«

Don Fernando räusperte sich und warf ihr einen schrägen Blick zu.

»Mach schon«, drängte sie. »Sonst ist der Gouverneur weg, und wir haben kein Druckmittel mehr.«

»Ja, ja, ich gehe ja schon«, seufzte er.

Aber der Bürgermeister war nicht zu Hause. Schon in aller Frühe, als er den Gouverneur noch in tiefem Schlaf wusste, hatte er sich zu dem alten Arzt begeben, den der neue, der aus Andagoya heruntergekommen war, vor zwei Wochen abgelöst hatte.

Dessen Frau erschien im Morgenmantel an der Tür des Hauses und erschrak sehr, als sie den Bürgermeister mit ernster Miene vor sich stehen sah.

»Um Gottes willen, Don Eduardo«, stammelte sie. »Ist was?«

»Ich muss dringend mit Ihrem Mann sprechen, Doña Matilda«, sagte der Bürgermeister.

»Aber er schläft noch«, hauchte sie.

»Dann wecken Sie ihn«, sagte der Bürgermeister. »Es geht um wichtige Belange der Stadt.«

Aber der alte Doktor Markovic, Nachfahre einer jugoslawischen Einwandererfamilie, zeigte sich gelassen. Er hatte in seinem Leben viel gesehen. Nichts war ihm fremd, nichts konnte ihn aus der Ruhe bringen. Im Schlafanzug empfing er den Bürgermeister, der ihm sogleich sein Anliegen vortrug.

»Nur noch ein Jahr, Don Boris, höchstens zwei«, bat er. »Dann wären wir nicht auf diesen Neuen angewiesen, der uns nichts als Ärger gebracht hat. Dann könnten wir ohne Rücksicht auf seine Reaktionen seinen Garten räumen und die Rädelsführerinnen festnehmen.

Damit wären die Streikenden ohne Führung, und wir könnten sie zwingen, wieder an ihre Arbeitsplätze zurückzukehren. Selbstverständlich würden wir sofort nach einem Nachfolger für Sie suchen, mit allen Mitteln, die uns zur Verfügung stehen. Denn schließlich sind Sie noch im Besitz Ihrer vollen körperlichen und geistigen Kräfte, Don Boris, und es kommt doch nicht auf ein Jährchen oder zwei an, nicht wahr? Sie sind ein so tüchtiger Arzt, Don Boris, geachtet und geschätzt in Santa Monica und der ganzen Umgebung, warum sollten Sie Ihre reiche Erfahrung uns Bürgern von Santa Monica nicht noch für eine Weile zugute kommen lassen?«

»Nichts da«, antwortete der Alte trocken. »Ich habe Schluss gemacht, und dabei bleibt es. Ich will mich nicht abrackern, bis ich tot umfalle. Ich will noch ein paar ruhige

Jährchen haben, für meine Orchideen. Arrangiert euch mit dem Neuen. Ich finde ihn nicht übel. Und was die Dienstmädchen betrifft, so geht auf ihre Forderungen ein, dann habt ihr sie wieder in euren Küchen. Nichts einfacher als das. Uns juckt das nicht. Wir brauchen kein Dienstmädchen. Wir machen uns unseren Kram allein.«

»Man kann solchen Forderungen nicht einfach nachgeben«, sagte der Bürgermeister verstimmt. »Sie sind überzogen. Könnten Sie sich nicht wenigstens für ein halbes Jahr entschließen, Don Boris? Als treuer Bürger unserer Stadt?«

»Vertretung, sonst nichts«, antwortete der Alte. »Wie es ausgemacht war. Damit der Neue auch mal Luft schnappen kann. Kein bisschen mehr. Eher ziehe ich auch von hier weg.«

Vom Hause des Dr. Markovic fuhr der Bürgermeister in aller Eile zum Doktorsgarten. Don Luis hatte ihm am frühen Morgen die nächtlichen Vorgänge rund um den Garten gemeldet. Jetzt setzte der Bürgermeister alle Hoffnungen auf sein Verhandlungsgeschick. Er fuhr allein, um niemanden Zeuge seiner möglichen Niederlage werden zu lassen.

Das Gartentor war verschlossen. Yolanda, die gerade aus dem Aborthäuschen der Gärtnerwohnung trat, hörte ihn klopfen. Sie öffnete, erkannte ihn sofort und schrie überrascht auf: »Jesus – mein Herr, Don Eduardo!«

Die Mädchen waren vollkommen verwirrt. Der Herr Bürgermeister persönlich! Einige lagen noch unter ihren Decken. Sie sprangen verlegen auf und ordneten ihr Haar. Andere standen um den Kessel herum, aus dem Kaffee dampfte. Hastig stellten sie ihre Becher ab, um für alles bereit zu sein. Was würde jetzt auf sie zukommen? Sie warfen sich erschrockene Blicke zu und riefen nach Susana und Rita, die auf der Terrasse mit Alfredo und Rebeca sprachen.

»Ich glaube, ihr bekommt Besuch«, sagte Alfredo zu ihnen und grinste. »Lasst euch nicht einschüchtern.«

Der Bürgermeister gab sich jovial.

»Alle Achtung, meine Damen«, sagte er, sobald sich die ganze Schar um ihn versammelt hatte. »Alle Achtung vor Ihrer Zivilcourage. Wir haben aus der ganzen Affäre gelernt, dass wir Sie ernst nehmen müssen, und das versprechen wir auch künftig zu tun. Damit ist der Zweck Ihres Streiks eigentlich erfüllt. Alles andere ist unwesentlich. Deshalb möchte ich Sie bitten, unverzüglich an Ihre Arbeitsplätze zurückzukehren, in die Häuser Ihrer Herrschaften, und Ihre Arbeit wieder aufzunehmen.«

Ein paar Mädchen nickten eingeschüchtert. Wie konnte man dem Herrn Bürgermeister, der sogar über die Polizei zu befehlen hatte, eine Bitte verweigern? Wie konnte man auch nur daran *denken*, sich seinen Wünschen zu widersetzen?

»Und unsere Forderungen?«, fragte Susana.

»Nun ja«, antwortete der Bürgermeister, »ich weiß, kein Streik ohne Forderungen. Aber nun ist der Streik ja beendet, wir sind alle guten Willens, nicht wahr, und keiner von uns möchte unseren lieben Mitbürgern schaden. Ruhe ist die erste Bürgerpflicht. Ihr geht nun schön dorthin, wo ihr bisher brav gearbeitet habt, und es wird ein Strich unter das Vorgefallene gezogen. Das, was ihr Forderungen nennt, regelt ihr, jede von euch für sich, mit euren Señoras. Jeder Fall liegt ja anders, man kann nicht alle über den gleichen Kamm scheren. Auch eure Señoras werden guten Willens sein, ich habe sie darum gebeten, sie werden euch die ganze Sache nicht übel nehmen und so wird sich alles zu aller Zufriedenheit lösen.«

»Nein«, sagte Susana.

»Wie bitte?«, fragte der Bürgermeister.

»Wir gehen nicht wieder zurück«, sagte Susana mit fester Stimme, »solange wir nicht *gemeinsam* unsere Forderungen durchgedrückt haben. Denn wenn wir einzeln mit unseren Señoras verhandeln, sind wir nicht stark genug. Wir streiken weiter.«

»Sie, mein Fräulein«, sagte der Bürgermeister und hörte auf zu lächeln, »stehen, scheint mir, mit Ihrer Meinung ziemlich allein. Ich habe den Eindruck, dass die übrigen Damen meinem Rat gern folgen würden.«

Er schaute sich um und lächelte wieder väterlich.

»Habe ich nicht Recht?«, rief er. »Ihr seid doch alle freundliche und friedliche Mädchen, ihr wollt doch keine Aufwiegler sein und wollt euch auch nicht aufwiegeln lassen, nicht wahr? Ich fürchte, ihr habt da eine Führung, die euch ins Verderben leitet. Was wollt ihr denn tun, wenn ihr eure Stellungen verliert? Wenn ihr auf der Straße steht ohne einen Centavo in der Tasche, ohne Kost und Wohnung? Ist euch damit gedient? Es kann doch keine von euch behaupten, sie hätte bei der Herrschaft, wo sie bisher gedient hat, Hunger gelitten. Na also. Wollt ihr mit einer unsicheren Hoffnung auf ein bisschen mehr Geld euer Glück aufs Spiel setzen? Ihr habt doch Verstand – glaubt ihr denn im Ernst, eure Señoras wären auf euch angewiesen? Sie haben viel Geduld, eure Señoras, sie wollen euch nicht den Boden unter den Füßen wegziehen. Noch sind sie bereit, euch wieder aufzunehmen und euch zu verzeihen. Aber wie lange noch? Jede Geduld hört einmal auf. Ich meine es gut mit euch, deshalb bin ich hergekommen, um euch zu warnen und euch zu beraten. Überspannt den Bogen nicht, löst euch von denen, die euch zu dieser Entgleisung geführt haben, und nehmt euer Schicksal wieder in eure eigenen Hände. Überlasst Streiks denen, die etwas davon verstehen. Ihr versteht viel von Küche und Hausarbeit, das ist euer Reich, darin kennt ihr euch aus, darin werdet ihr geschätzt. Auf dem schlüpfrigen Pflaster der Politik aber nimmt euch niemand ernst. Lasst die Finger davon! Das rate ich euch als väterlicher Freund!«

Die Mädchen lächelten ihn unsicher an, und viele nickten. Einige versuchten, Susanas Blick auszuweichen. Ja, es war schon was Wahres an dem, was der Bürgermeister gesagt hatte: Sie hatten zu viel gewagt, hatten sich übernommen, es konnte ein böses Ende nehmen. Schließlich hatten sie bisher ja auch gelebt, und Hunger hatten sie nicht gelitten, das stimmte, sie waren immer satt geworden, denn die Herrschaften ließen bei ihren Mahlzeiten so viele Reste übrig, die dann in die Küche getragen wurden für die Mahlzeiten der Dienstboten.

 Susana merkte, wie gefährlich ihre Lage wurde.

»Was er sagt, stimmt ja gar nicht«, rief sie. »Merkt ihr nicht, dass wir nur eingeschüchtert werden sollen und wie er mich gegen euch ausspielen will? Er will uns auseinanderbringen, das ist sein Ziel, und wenn ihr jetzt kleinlaut zu euren Señoras zurückkehrt, geht es euch zehnmal schlimmer als vorher. Verlasst euch darauf: Die werden euch spüren lassen, in was für Verlegenheiten ihr sie durch den Streik gebracht habt!«

»Aber wenn sie tatsächlich ohne uns auskommen können?«, fragte Inez. »Wenn sie uns nicht mehr annehmen, weil sie sich zu sehr über uns geärgert haben?«

»Habt ihr euch nicht jahrelang über *sie* geärgert?«, fragte Susana.

»Ärger wird es immer geben zwischen Señora und Dienstmädchen«, sagte der Bürgermeister. »Daran ändert eure Arbeitsverweigerung auch nichts.«

»Aber wir erzwingen uns mehr Rechte«, sagte Susana. »Haben wir bisher überhaupt Rechte gehabt? Wir haben keine Bedingungen stellen können, wir haben froh sein müssen, wenn wir eine Stellung fanden!«

»Das wird sich so schnell nicht ändern«, sagte der Bürgermeister. »Es gibt nun mal viel mehr Dienstmädchen als Herrschaften.«

»Dann sollen aber wenigstens die, die eine Stellung finden, unter guten Bedingungen arbeiten können«, rief Susana heftig.

»Du hast gute Bedingungen«, sagte Yolanda. »Du riskierst nichts. Egal, ob dieser Streik gut für uns ausgeht oder nicht – dir passiert nichts, du kannst dir alles erlauben, auch unsere Streikleiterin zu sein!«

»Bravo, Yolanda«, rief der Bürgermeister. »Für diese

Rede bekommst du ein Extratrinkgeld, sobald du wieder zurückkommst in unseren Haushalt.«

»Pfui Teufel«, rief da Rita, der ein paar rote Kratzer quer über das Gesicht liefen. »Er will sie dafür belohnen, dass sie sich gegen Susana stellt! Frag ihn doch, Yolanda, warum er dir nicht die gleichen Arbeitsbedingungen bietet wie der Doktor der Susana! Würde es ihm etwas ausmachen, wenn er dir zweihundert Cruces zahlen würde statt achtzig, wie jetzt?«

»Achtzig?«, rief Yolanda. »Ich bekomme nur siebzig!«

»Na bitte«, sagte Rita. »Und bekommst du etwa den ganzen Sonntag frei und noch einen halben Tag in der Woche dazu? Das würde für die Frau Bürgermeister bedeuten, dass sie mal selber in der Küche ein paar Handgriffe tun müsste.«

»Diese Forderung ist wirklich etwas überzogen«, sagte der Bürgermeister gereizt. »Aber man könnte sich in seinen Standpunkten ja annähern.«

»Versteh ich nicht«, antwortete Yolanda.

»Ich meine, man könnte sich schon einigen, wenn jeder ein bisschen nachgibt«, sagte der Bürgermeister.

»Doña Lucila macht da nicht mit«, sagte Yolanda finster. »Die tut keinen Handschlag in der Küche.«

»Und würden Sie auch erlauben, dass Yolanda einen Lese- und Schreibkurs besucht?«, fragte Rita.

»Wozu braucht sie lesen und schreiben zu können?«, fragte der Bürgermeister zurück. »Sie kann uns jederzeit um Rat fragen, wenn sie Rat braucht. Wir werden sie gewissenhaft beraten.«

»Seht ihr«, sagte Rita, »da habt ihr's. Wir sollen klein gehalten werden. Du hast Recht, Yolanda, Susana riskiert nichts, aber ich riskiere eine Menge, ebenso wie du, ebenso wie ihr alle, und trotzdem denke ich nicht daran, mich beschwatzen zu lassen, auch wenn er der Bürgermeister ist. Er ist nicht anders als unsere anderen Herrschaften. Er versucht uns auszutricksen, und ihr seid auf dem besten Weg, darauf hereinzufallen. Ich bleibe bei dem, was wir uns vorgenommen haben, aus purer Wut gegen diese fiesen Versuche, uns zahm zu machen. Und außerdem: Wie käme ich mir vor, wenn ich Susana jetzt im Stich ließe? Aber bitte – hier wird niemand gezwungen. Wer sich also weiterhin von seinen Herrschaften so behandeln lassen will wie bisher, soll die Hand heben!«

Keine Hand erhob sich.

»Das werdet ihr noch bereuen«, sagte der Bürgermeister wütend.

Damit zog er sich zum Tor zurück und verschwand.

Die Mädchen sahen sich an. Verlegen und schuldbewusst die einen, nachdenklich die anderen, wütend die übrigen.

»Beinahe hätte er's geschafft, uns auseinanderzubringen«, sagte Susana. »Ich dank dir, Rita, dass du im richtigen Augenblick das Richtige gesagt hast. Ihr habt Recht, ich riskiere nicht so viel wie ihr, ich habe Rückendeckung von Alfredo und Rebeca, aber deshalb meine ich das alles doch nicht weniger ehrlich, oder?«

»An deiner Ehrlichkeit zweifeln wir nicht«, antwortete Yolanda. »Aber wir haben große Angst. Und haben wirklich Grund dazu, das ist der entscheidende Unterschied zwischen uns und dir.«

»Stimmt«, sagte Susana. »Aber wir wollen ja erreichen, dass ihr nicht mehr solche Angst zu haben braucht.«

»Ich sehe schwarz«, antwortete Yolanda düster. »Jetzt noch schwärzer als vorher.«

Der Bürgermeister kehrte in übelster Laune heim und fand dort Don Fernando vor, der sich in seiner Haut auch nicht wohlfühlte.

»Ich habe alles versucht, um die Angelegenheit gütlich zu regeln«, erklärte der Bürgermeister mit großen Gesten. »Ununterbrochen bin ich unterwegs, um zu verhandeln, soweit mir der Besuch des Gouverneurs überhaupt Zeit dazu lässt. Du kannst mir glauben, dass mein Haushalt ohne Dienstmädchen in genauso einer misslichen Lage wie der eure ist …«

»Drei Fenster sind kaputt«, seufzte Don Fernando.

»Gewiss, gewiss, ich habe die Meldung erhalten und entsprechend ernst genommen, Fernando«, rief der Bürgermeister, »und sobald wir die Übeltäter haben, werden wir sie erbarmungslos bestrafen! Das verspreche ich dir feierlich.«

»Inzwischen werden sie die anderen Fenster auch noch kaputt werfen«, sagte Don Fernando. »Meine Frau will und kann sich das nicht länger bieten lassen.«

»Don Luis hat ihr schon vorgeschlagen einzulenken«, sagte der Bürgermeister vorsichtig. »Aber sie wollte nicht darauf eingehen. Ebenso wenig wollen die Dienstmädchen einlenken. Sie verschließen sich allen logischen Argumenten. Sie sind aufgehetzt. Ihre Forderungen sind maßlos.«

»Meine Frau ist für Gewalt«, sagte Don Fernando. »Sie sagt, ich soll mich an den Gouverneur persönlich wenden, wenn du mit den Mädchen nicht fertig wirst oder wenn du dich nicht entschließen kannst, harte Maßnahmen zu ergreifen ...«

»An den Gouverneur persönlich?«, rief der Bürgermeister entsetzt. »Aber das kannst du doch nicht tun!«

»Ich will das ja auch nicht«, seufzte Don Fernando bedrückt.

»Aber du kennst sie. Sie rast vor Wut, weil sie merkt, dass sie in die Enge getrieben wird. Gehe ich nicht zum Gouverneur, geht sie selber – sofern du nichts unternimmst, was sie zufriedenstellen könnte.«

»Ich will ja gar nicht von mir reden«, sagte der Bürgermeister, während er sich den Schweiß abwischte. »Aber wenn der Gouverneur von diesem Dienstmädchenstreik erführe, käme die ganze Stadt in eine höchst missliche Lage. Das darf nicht passieren, hörst du? Wir sind doch schließlich all die Jahre gut miteinander ausgekommen, du und ich, alte Klubkameraden, nicht wahr, du kannst mir jetzt nicht in den Rücken fallen!«

»Ich nicht, Eduardo, ich nicht«, murmelte Don Fernando.

»Aber wenn ich jetzt heimkomme und ihr keinen Erfolg melde, ist sie zu allem fähig.«

»Dann bleib hier«, rief der Bürgermeister, packte ihn an der Schulter und sah ihn eindringlich an. »Ich habe bereits eine neue, eine ganz großartige Idee, wie wir den Mädchen da oben den Boden unter den Füßen wegziehen können. Ich sage dir: Heute Nachmittag ist der Streik beendet! Ruf Natalia an und halte sie hin. Vertröste sie. Deute einen Polizeieinsatz an, aber verpflichte sie zu absolutem Stillschweigen.«

Don Fernando nickte erleichtert.

»Und übermittle ihr natürlich meine Grüße«, fügte der Bürgermeister hinzu.

Nachdem er nun also die ärgste Gefahr abgewendet hatte, ließ er Don Fernando bei einem Bier sitzen und fuhr zu Don Luis in die Polizeistation. Eine knappe halbe Stunde berieten sie eifrig zusammen die Lage und fassten Entschlüsse. Danach begab sich der Bürgermeister in aller Eile ins Hotel *PARIS*, um mit dem Gouverneur zu frühstücken. Auch hier funktionierte nicht alles so reibungslos wie sonst: Die drei Hausmädchen und die Köchin waren im Doktorsgarten, und der Wirt, Don Pancracio, hatte den Betrieb nur dadurch aufrechterhalten können, dass er seine drei Töchter und zwei Tanten mit eingespannt hatte. Seine Frau hantierte mit hochrotem Kopf in der Küche, die Kellner hasteten nervös hin und her. Wenn nur der Gouverneur nichts merkte!

»Nun, wie geht es Ihrer Frau Gemahlin?«, fragte der.

»Danke der Nachfrage«, antwortete der Bürgermeister.
 »Sie fühlt sich, Gott sei Dank, wieder besser. Aber sie muss sich noch schonen. Sie hat eine sehr empfindliche Gesundheit.«

18

An diesem Morgen schauten nur wenige Neugierige über die Mauer. Unter ihnen war Inez' Mutter. Sie winkte Inez und Maria herbei und reichte ihnen ein zusammengeknotetes Tuch, ein Bündel mit Brot, einer Melone und ein paar gekochten Eiern.

»Da«, sagte sie. »Ihr braucht euch nicht von anderen ernähren zu lassen. Das schaffe ich schon noch, solange ihr hier seid.«

»Danke, Mutter«, sagte Inez, und Maria fing an zu weinen. »Hör auf zu heulen«, sagte die Waschfrau. »Jetzt habt ihr euch für Streik entschieden, und jetzt müsst ihr auch durchhalten. Halbe Sachen kann ich nicht leiden. Vielleicht habt ihr ja Glück. Die Welt ist voller Überraschungen.«

»Komm doch zu uns in den Garten«, sagte Inez überwältigt.

»Ich bin zu alt«, antwortete die Mutter. »Ich passe nicht zu euch. Ich bleibe lieber für mich. Außerdem gefällt mir dieser Doktorsgarten nicht. Den hättet ihr nicht nötig gehabt. Wenn ihr schon streiken müsst, dann findet ihr auch bei euresgleichen einen Unterschlupf. Ich kann mir nicht vorstellen, dass euch der Doktor seinen Garten für Gotteslohn borgt. Irgendeine Hinterlist wird dabei schon im Spiel sein. Denn hat man jemals gehört, dass ein Reicher den Armen den Rücken stärkt? Was hätte euer Doktor für Gründe dafür?«

»Seine Frau soll früher selber ein Dienstmädchen gewesen sein«, flüsterte Inez. »Deshalb.«

»Susana hat es Flor erzählt, und Flor hat es uns erzählt«, sagte Maria. »Er soll aus sehr reicher Familie sein, aber als er das Dienstmädchen geheiratet hat, hat sich seine Familie von ihm abgewandt, und alle Bekannten seiner Familie haben ihn plötzlich nicht mehr gekannt. Erst vor Kurzem haben sich seine Eltern wieder mit ihm versöhnt und angeblich verstehen sie sich jetzt sehr gut mit Doña Rebeca. Sie wohnen auch hier im Haus.«

»Dann wird sie's wohl sein, die dafür gesorgt hat, dass ihr den Garten bekommen habt, diese Doña Rebeca«, sagte die Waschfrau. »Eine, die Glück gehabt hat. Die hat's leicht, großzügig zu sein! Wahrscheinlich will sie euch damit nur zeigen, wie weit sie's gebracht hat. Seid ihr wirklich auf die angewiesen?«

»Sei doch nicht so giftig, Mutter«, sagte Inez ärgerlich. »Susana hat gesagt, es gibt jetzt in der Hauptstadt und auch in anderen Ländern schon viele Reiche, die sich für die Armen einsetzen.«

»Unsinn«, schnaubte die Alte. »Nähmen sie's wirklich ernst, dann würden sie an uns verteilen, was sie haben. Aber davon ist nicht die Rede. Reden können sie, jawohl, aber mehr ist nicht dahinter.«

»Aber er *hat* das Dienstmädchen geheiratet«, rief Inez gedämpft. »Ist das etwa keine Tat?«

»*Das* ist etwas ganz anderes«, knurrte die Alte. »Wahrscheinlich hatte sie einen hübschen Po.«

»Ach Mutter«, rief Inez empört, »du siehst in allem nur Schlechtes!«

»Lebt mal erst so lange wie ich«, sagte die Waschfrau.

»Dann werdet ihr auch so. Gebt jedenfalls acht und lasst euch das Fell nicht über die Ohren ziehen, und wenn euch ein Reicher freundlich kommt, dann seid doppelt wachsam.«

Auch Perpetua streifte vorüber, die alte Köchin, die nicht hatte mitstreiken wollen.

»Na?«, rief sie Marina zu, die auf der Mauer kauerte. »Wie fühlt ihr euch?«

»Wie meinst du das?«, fragte Marina vorsichtig.

»Ich habe heute Nacht in einem Bett geschlafen«, antwortete Perpetua spitz. »Und zu Mittag gibt's gefüllte Ente. Was gibt's denn bei euch? Yuccasuppe? Oder etwa gar nichts mehr?«

»Nett, dass du dir Sorgen machst um uns«, antwortete Marina. »Ich werde es den anderen erzählen.«

»Meine Señora ist die Freundlichkeit in Person«, sagte Perpetua und stellte die Einkaufstasche ab. »Sie weiß gar nicht, was sie mir alles Gutes tun soll.«

»Seit gestern Früh, nicht wahr?«, fragte Marina. »Das hast du uns zu verdanken.«

»Dir wird schon noch das Zwitschern vergehen«, schnaubte Perpetua ärgerlich, griff nach der Tasche und watschelte weiter.

Während des ganzen Vormittags verließen die Mädchen den Garten nicht. Rita drängte zwar hinaus, aber Susana überredete sie, vorerst dazubleiben.

»Wer weiß, was die da draußen jetzt ausbrüten«, sagte

sie. »Jedenfalls ist damit zu rechnen, dass sie was gegen uns im Schilde führen. Warten wir ab, bis wir wissen, was. Hier im Garten sind wir sicher.«

Sie wurden bald gewahr, was der Bürgermeister unternommen hatte, um die aufgebrachten Damen der Gesellschaft zu beschwichtigen und die rebellischen Dienstmädchen zum Aufgeben zu zwingen. Sie erfuhren es von Maribel, die nach dem nächtlichen Fest für ein paar Stunden in die Hütte ihrer Familie zurückgekehrt war und nun aufgeregt in den Garten stürzte.

»Sie schicken einen Bus in die Dörfer!«, rief sie. »Um Dienstmädchen von dort zu holen! Die Polizei hat den großen Bus bestellt, und mein Bruder fährt ihn. Ein paar Polizisten fahren auch mit.«

»Heilige Jungfrau – das hat uns noch gefehlt«, seufzte Yolanda.

»Und wo fahren sie hin?«, fragte Susana.

»Nach Los Palitos, San Benito, Barranca und El Fango – eben in die nächstgelegenen Dörfer«, berichtete Maribel. »Wo die Leute schon von uns vorbereitet worden sind. Ich hab meinem Bruder auch noch mal eingeschärft, dass er die Leute heimlich warnen soll. Was er tun kann, tut er für uns. Er hat mir's fest versprochen.«

Jenseits der Gartenmauer quietschten Reifen. Dann donnerte jemand gegen die hintere Gartentür. Die kleine Lola kletterte auf die Mauer und spähte hinaus. Erschrocken drehte sie sich um und rief in den Garten: »Es ist der Sergeant. Er will Rita sprechen!«

Rita ließ sich Zeit.

»Sei vorsichtig«, warnte Susana. »Mach den Riegel nicht auf. Sprich von der Mauer herab mit ihm.«

»Wird's bald?«, rief Mauricio draußen. »Ich hab's eilig!«

»Ich nicht«, antwortete Rita und beugte sich über die Mauer. »Erstaunlich, wie schnell du dich wieder erholt hast. Ich dachte, du würdest dich erst mal ausruhen, nach diesen Strapazen heute Nacht. Eine frische Uniform hast du auch an. Aber natürlich, wenn man so gern befördert werden möchte, muss man sich auch besonders anstrengen. Oder hat Santa Monica etwa nicht genug Polizisten für so einen Dienstmädchenstreik, dass ihr Tag und Nacht Dienst machen müsst, sogar die, die in der Nacht Prügel bezogen haben?«

Der Sergeant überhörte ihr Gespött.

»Ich wollte euch nur sagen«, rief er heiser vor Erregung und viel lauter als nötig hinauf, »dass wir jetzt in die Dörfer fahren und Dienstmädchen für eure Señoras holen. Einen ganzen großen Bus voll! Damit seid ihr abgemeldet, uninteressant geworden, überflüssig, arbeitslos. Das habt ihr jetzt von eurem idiotischen Streik!«

»Holt sie erst mal«, antwortete Rita gelassen.

»In spätestens vier Stunden sind sie da!«, rief der Sergeant zornig. »Dann hat es sich ausgestreikt. Dann werdet ihr alle ganz klein werden, du auch, Rita.«

»*Die* Leier kenn ich«, antwortete Rita. »Die kenn ich schon auswendig. Aber das sage ich dir: Ob ich klein beigeben werde oder nicht – bewundern werde ich dich nie mehr, da kannst du sicher sein.«

Damit kletterte sie wieder in den Garten hinunter.

Draußen entfernten sich die Geräusche eines Wagens immer weiter. Betreten sahen sich die Mädchen gegenseitig an.

»Wenn die einen Bus voll Mädchen aus den Dörfern zu holen, sind wir erledigt«, murmelte Yolanda.

»Wir werden sie wieder fortscheuchen, genauso, wie wir's mit der Carmen gemacht haben«, rief Maribel.

»Nein«, sagte Susana. »Mit so vielen würden wir nicht fertig werden. Aber ich glaube nicht, dass sie einen ganzen Bus voll Mädchen finden. Das wären ja fünfzig oder sechzig. Luz und Nana und Yolanda und Maribel waren doch draußen und haben gewarnt.«

»Das stimmt schon«, sagte Luz. »Aus unseren Dörfern wird vermutlich auch kaum jemand kommen, und schon gar nicht, wenn Polizei den Bus begleitet. Gefährlich wird's nur, wenn sie weiter hinausfahren, nach Trebur und La Lengua und wie die entlegenen Dörfer in den Bergen alle heißen. Bis dorthin sind wir nicht gegangen, weil von dort nur selten Mädchen bis hierherkommen.«

»Auch wenn sie in den Bergen ein paar Mädchen überreden können«, sagte Rita, »wäre es für uns nicht so gefährlich. Denn was da vom Dorf kommt, ist ja noch lange kein gutes Dienstmädchen, es muss erst angelernt werden. Viele Señoras werden solche Mühen scheuen.«

»Ich wette, sie nehmen die Mühe auf sich, nur um uns kleinzukriegen«, sagte Yolanda. »Wir sind verloren. Darauf gehe ich jede Wette ein. Wir sind größenwahnsinnig gewesen, dass wir uns auf so was eingelassen haben. Wie konnten wir nur einen Augenblick lang glauben, dass wir mit denen fertig werden!«

»Jetzt hör aber auf!«, rief Susana ärgerlich. »Du nimmst uns jeden Mut mit deiner schwarzen Laune.«

»Ach du! Was weißt denn du!«, rief Yolanda voller Zorn und fing an zu weinen.

»Damit du's weißt: Ich mach nicht mehr mit! Ich geh jetzt sofort zurück ins Haus des Bürgermeisters und rette, was zu retten ist! Ich hab eine kranke Mutter zu Hause und die drei Kinder meiner Schwester, die im vorigen Jahr gestorben ist. Die sind von mir abhängig. Wenn ich arbeitslos werde, sind sie verloren. Ja, ich weiß, ich hab versprochen mitzumachen, aber eher werde ich wortbrüchig, als dass ich meine Familie ins Elend stürze. Das Jüngste ist noch keine drei Jahre alt! Wenn ich jetzt zu Doña Lucila zurückkomme, nimmt sie mich wieder auf. Wenn aber erst der Bus voll Mädchen da ist, hab ich keine Chancen mehr, versteht ihr?«

Erschrocken starrten die Mädchen Yolanda an.

»So sagt doch was?«, rief sie.

»Das kannst du nicht tun«, sagte Susana tonlos. »Du machst alles kaputt ...«

»Unsere Sache ist sowieso schon so gut wie verloren«, schluchzte Yolanda.

»Wenn du gehst, ziehst du andere mit!«, rief Marina. »Darauf warten sie doch nur, die Herrschaften!«

»Sperrt sie hier ins Gärtnerhaus, bis alles vorüber ist!«, krähte Maribel.

»Wenn Yolanda geht, gehe ich auch«, rief jemand aus dem Hintergrund, und dann ging alles in einem Geschrei unter. Susana redete auf Yolanda ein, Gruppen bildeten sich, gestikulierten, brüllten, schimpften, weinten. Bis Rita auf die Mauer kletterte und sich mit einer Handvoll Mörtel, den sie mitten in die Menge warf, Gehör verschaffte.

»Ich kann Yolanda schon verstehen«, rief sie. »Die hat die heulende Angst gepackt, wegen ihrer Familie daheim. Nicht jeder von uns hat so eine Last mitzuschleifen. Wenn du uns nicht im Stich lässt, Yolanda, jetzt, wo alles so auf der Kippe steht, dann lassen wir dich auch nicht im Stich, falls es schiefgehen sollte: Ich habe zweiunddreißig Cruces in meinem Gepäck. Die hatte ich mir zusammengespart für die Hochzeit. Findest du keine Arbeit mehr, sollst du sie für deine Leute haben. Wer gibt noch was dazu?«

Es kamen zweihundertelf Cruces zusammen, fünfzig allein von Susana. Die notierte sich Namen und Summe der Spenderinnen.

Manche hatten nicht mehr als fünfzig Centavos.

»Macht nichts«, rief Rita von der Mauer. »Auch Kleingeld kleckert sich zusammen.«

Durch die Sammlung hatte sich die Laune gehoben. Die Mädchen halfen Rita von der Mauer herunter.

»Also, was ist?«, fragte Rita, fasste Yolanda an den Schultern und schüttelte sie. »Machst du weiter mit?«

Yolanda wischte sich die Tränen ab und nickte.

»Und jetzt wird gegessen!«, rief Lucrecia herüber. »Über der Zankerei wird die Suppe kalt!«

Nach dem Essen fühlten sie sich doppelt gestärkt. Rita hatte allen wieder Mut gemacht, Yolanda war nicht abgesprungen, und alle fühlten sich überaus zusammengehörig.

»Jetzt ziehen wir auf die Plaza«, rief Rita, »und warten dort auf den Bus. Kommt er voll zurück, können wir die Mädchen vielleicht noch herumkriegen, dass sie sich uns anschließen. Kommt er aber leer, so haben wir allen Grund, mitten in der Stadt ein Fest zu feiern. Und während der Wartezeit machen wir schon mal Stimmung. Ziehen wir nämlich den Kürzeren, dann brauchen wir möglichst die ganze Plaza voller Leute, die sich für uns einsetzen. Sozusagen das Volk. Das gibt dann einen schönen Tumult, damit versalzen wir ihnen den Triumph.«

Die Mädchen lärmten begeistert.

»Ich weiß nicht recht«, sagte Susana. »Mir gefällt dieser Plan nicht. Sie warten doch nur darauf, dass wir Alfredos Garten verlassen, damit sie die Streikleitung endlich zu fassen kriegen.«

Aber niemand außer Rita hörte ihr zu, und die sagte: »Na wenn schon. Lange werden sie uns nicht festhalten können, denn die halbe Stadt ist auf unserer Seite.«

»Ich möchte lieber erst mit Alfredo darüber sprechen«, meinte Susana. »Was er uns rät.«

»Ach, lass doch deinen Alfredo aus dem Spiel«, rief Luz. »Mehr als den Garten brauchen wir nicht von ihm! Der Plan von Rita ist sehr vernünftig. Wenn er dir nicht passt, kannst du ja hierbleiben.«

»Quatsch«, sagte Rita. »Susana muss mit. Sie kann reden. Sie kennt alle diese Streikausdrücke und so. Das hört sich gut an. Das überzeugt. Wenn eine von uns anfinge zu reden, gäbe es nur Gelächter. Stimmt's Susana?«

Susana schwieg verstimmt, aber sie sperrte sich nicht

weiter gegen den Marsch auf die Plaza. Nur Lucrecia, die an Krampfadern litt, blieb im Doktorsgarten zurück.

»Noch ein Tag, dann sind unsere Vorräte verbraucht«, seufzte sie. Dann verkroch sie sich ins Gärtnerhaus, legte sich ihre Schürze übers Gesicht, um sich vor den Mücken zu schützen, und schlief ein.

19

Arm in Arm wanderten die Mädchen in der heißesten Stunde des Tages durch menschenleere Straßen auf die Plaza. Es war die Stunde der Siesta, in der sich alle Bewohner Santa Monicas in ihre Behausungen zurückzuziehen pflegten. Aber viele der Señoras konnten sich an diesem Tag kein Mittagsschläfchen erlauben, weil ihnen die Arbeit über den Kopf wuchs. In dieser Hitze scheuten sie jedoch jede Arbeit außerhalb der Kühle ihrer Häuser, und so bekamen die Mädchen auf ihrem Marsch zur Plaza so gut wie niemanden zu Gesicht. Sie wanderten durch eine ausgestorbene Stadt.

Die Stille dämpfte ihre Hochstimmung, es roch nach Gefahr. In dieser Mittagsstunde ließen sich nicht einmal Müllmänner, Maurer oder Dachdecker sehen, die ihnen Mut gemacht hätten!

Aber da winkte ihnen doch jemand aus einem der Häuser zu: Petronila, die Haushälterin des Witwers. Mit einem Kind auf dem Arm kam sie herausgelaufen und freute sich ehrlich, die Mädchen zu sehen.

»Gestern wollte ich auch mit euch sprechen, als ihr hier vorbeigekommen seid«, sagte sie zu Susana, »aber ich war gerade dabei, die Fanni zu baden. Ihr habt die Stadt schön durcheinandergebracht – Jesus! Don Fabio hat mir erzählt, wie es jetzt in den Häusern der Reichen drunter und drüber geht.

Er sagt, seinen Kollegen sieht man's schon äußerlich an, dass sie daheim keine Dienstmädchen mehr haben. Es gab viel Ehekrach wegen eures Streiks. Ein paar Señoras haben versucht, ihre Waschfrauen als Aushilfe ins Haus zu holen. Aber ich weiß nur von einer, die sich hat erweichen lassen, die anderen haben abgelehnt, aus Furcht vor euch. Und die eine, die hat's nötig, die hat eine Menge Kinder, der kann man's nicht übel nehmen. Von Hütte zu Hütte sollen zwei Señoras mit ihren feinen Schuhen durch den Staub gewatet sein, um Frauen oder Mädchen zu finden, die bei ihnen arbeiten wollen. Aber die meisten halten sich zurück, wegen des Streiks.«

»Also sind doch ein paar drunter, die sich anheuern lassen?«, fragte Susana düster.

»Außer der mit den vielen Kindern weiß ich noch von zweien«, berichtete Petronila. »Die eine ist die älteste Tochter vom Schuster Mateo. Wie ich die kenne, ist sie einfach beschwatzt worden und hat sich nicht getraut, Nein zu sagen, weil Doña Viola so reich und so alt ist. Aber die andere, die Ligia, die weiß, was sie tut. Die hat's ums Geld getan. Die nimmt auf niemanden Rücksicht und hat vor nichts Respekt. Einhundertfünfzig Cruces hat sie aus Doña Rosalia rausgeholt, einhundertfünfzig Cruces pro Monat!«

»Ligia?«, fragte Marina erstaunt. »Die war doch mit im Bus bei der Versammlung!«

»Ja sicher«, sagte Petronila. »Und sie hat noch eifrig die Hand gehoben.«

»Am ersten Tag war sie auch oben im Garten«, rief Josefina. »Dieses Biest! Einhundertfünfzig Cruces! Und die versteht sich doch gar nicht auf Doña Rosalias Kinder!«

»Noch heute kriegt die ihren Senf«, rief Luz.

»Die könnt ihr meinetwegen verhauen«, sagte Petronila, »aber die beiden anderen nicht. Das ist ein großer Unterschied. Ladet kein Unrecht auf euch.«

»Fang bloß nicht noch an zu predigen«, sagte Rita. »Den Unterschied sehen wir schon selber.«

Petronila begleitete die Mädchen noch ein Wegstück.

»Die Reichen sollen eine Riesenwut auf Doña Natalia haben«, sagte sie. »Angeblich sind viele von ihnen schon bereit, eure Forderungen zu unterschreiben. In der ganzen Stadt spricht man von nichts anderem.«

Diese Nachricht gab wieder Mut. Rita juchzte auf. Ihr Jubel steckte an. Petronila sah sich stolz um, aber nun musste sie umkehren.

»Ich wünsche euch allen Erfolg«, rief sie den Mädchen nach. »Ich habe Don Fabio ausführlich erklärt, was ihr wollt und warum ihr das wollt. Das erzählt er im Rathaus weiter. Damit helfe ich euch doch auch, nicht wahr? Irgendwie will ich auch mit dabei sein …«

Sie winkte noch lange.

Als die Mädchen die Plaza erreichten, herrschte dort vor dem Rathaus eine für diese Stunde ungewöhnliche Geschäftigkeit: Der Gouverneur verabschiedete sich eben von Bürgermeister und Stadträten und bestieg dann seinen Wagen, der ihn, eskortiert von einem Schwarm Polizisten auf Motorrädern, in die nächste Provinzhauptstadt, San Bernardo, bringen sollte. Ein paar Bürger Santa Monicas standen herum und gafften, eine Schulklasse schwenkte Fähnchen, ein kleines Mädchen, ganz in Weiß, überreichte einen Blumenstrauß.

»Manuel!«, rief Flor. »Mein Manuel auf dem Motorrad! Der linke hinter dem Wagen, der ist es!«

Sie winkte heftig. Auch die anderen begannen zu winken. Seit der vergangenen Nacht genoss Manuel ihre ganze Sympathie. Ein guter Bundesgenosse!

»Und weiße Handschuhe hat er an«, seufzte Flor voller Bewunderung. »Sieht er nicht wunderbar aus?«

»Und ob!«, rief Rita und schwenkte beide Arme. Aber Manuel war im Dienst, er verzog nicht einmal das Gesicht unter seinem weißen Helm. Stattdessen hob der Gouverneur geschmeichelt die Hand und winkte zurück.

»Mein Gott«, flüsterte der Bürgermeister dem Polizeichef zu, »die Dienstmädchen kommen!«

Don Luis starrte den streikenden Mädchen entgeistert entgegen. Dann versuchte er, dem Gouverneur die Sicht zu nehmen. Aber es war zu spät.

»Was ist denn das für eine Deputation?«, fragte der Gouverneur erstaunt und beugte sich aus dem offenen Wagen.

»Keine Deputation, Herr Gouverneur«, raunte ihm der Bürgermeister nervös zu. »Nur eine Gruppe junger Mädchen, die einen Wohltätigkeitsverein gegründet haben und nun auf dem Weg zum Asyl sind, um sich dort um die Belange der Alten zu kümmern …«

»An einem ganz gewöhnlichen Werktag?«, staunte der Gouverneur.

»Die Jugend ist leicht für eine edle Sache zu begeistern«, stammelte der Bürgermeister hastig, während Don Luis dem Chauffeur zuflüsterte: »Fahren Sie los, Mann, in San Bernardo warten sie schon!«

Eben, als sich der Wagen in Bewegung setzte und die Polizisten ihre Motorräder anspringen ließen, erhob sich der Gouverneur von seinem Sitz und rief den streikenden Dienstmädchen zu: »Brav so! Macht weiter so! Lasst euch nicht beirren, ihr setzt euch für eine gute Sache ein! Seid bedankt für euren Eifer!« Und er winkte ihnen leutselig zu. Dann verschwand er in einer Staubwolke.

Verblüfft sahen sich die Mädchen an.

»Wer hätte das gedacht?«, murmelte Susana. »Ermuntert uns noch!«

»Und alle, die da herumstehen, haben es gehört«, rief Rita.

»Das ist das Beste dran. Der Gouverneur persönlich macht Propaganda für uns – was hätte uns Glücklicheres passieren können?«

In heiterster Stimmung und voller Zuversicht lagerten sie sich in den Palmenschatten auf dem dürren Rasen.

Die ganze Grünanlage auf der Plaza war jetzt voller Mädchen und Frauen.

Auf den ersten Blick sah man sie nicht, aber wenn man genauer hinschaute, erkannte man überall Farbtupfer im

Schatten. Die Gaffer, die der Staubwolke nachgestarrt hatten, bis der ganze Konvoi in einer Nebenstraße verschwunden war, mengten sich nun neugierig unter die Mädchen: Was war hier los? Was war geplant? Konnte man auf ein kleines Ereignis, ein Sensatiönchen hoffen?

»Gott sei Dank, er ist weg«, seufzte der Bürgermeister erleichtert. »Gerade noch im letzten Augenblick.«

»Und was machen wir jetzt mit den Mädchen?«, fragte der Polizeichef, Don Luis. »Unbegreiflicherweise haben sie sich aus dem Schutz ihres Gartens herausgewagt.«

»Sofort die Rädelsführerinnen festnehmen«, rief der Bürgermeister, »und die anderen von der Plaza jagen! Die Stunde könnte gar nicht günstiger für uns sein. Niemand ist auf der Straße außer ein paar harmlosen Gaffern, es gäbe also kaum einen Wirbel, und wenn unsere Bürger sich aus ihrer Siesta erheben, haben wir längst vollendete Tatsachen geschaffen …«

»Schön und gut«, antwortete Don Luis, »aber wir haben im Augenblick keine Leute zur Verfügung. Vier sind mit dem Bus auf den Dörfern, die Übrigen eskortieren den Gouverneur bis nach San Bernardo. Drei haben dienstfrei.«

»Verflixt noch mal!«, rief der Bürgermeister ärgerlich und lief rot an. »Dann nimm *du* sie doch fest!«

»Aber Eduardo«, antwortete Don Luis tief gekränkt, »wie könnte ich als Polizeichef persönlich! Das kannst du mir wirklich nicht zumuten.«

»Dann schaff sofort die Leute herbei, die dienstfrei haben!«, schnaubte der Bürgermeister. »Es ist doch zum Verrücktwerden, dass man sich wegen mangelhafter Organisation eine so einmalige Gelegenheit zum Handeln entgehen lassen muss!«

»Ich darf daran erinnern«, antwortete Don Luis, nun auch erregt, »dass ich schon seit zwei Jahren bei jeder Gelegenheit darauf hinweise, dass unsere Stadt einen stärkeren Polizeischutz benötigt. Wir brauchen mindestens fünf Leute mehr! Und außerdem kommt nicht alle Tage ein Gouverneur zu Besuch. Ich lehne jede Verantwortung für diese Panne ab. Nicht *ich* wollte heute den Bus auf die Dörfer schicken, ausgerechnet während des Gouverneurbesuchs. *Du* hast darauf bestanden. Und *du* hast dem Gouverneur eine so großartige Eskorte mitgeben wollen. Die Hälfte der Leute hätte auch gereicht. Jetzt mach mir also keine Vorwürfe.«

Der Bürgermeister warf ihm einen grimmigen Blick zu.

»Lass die Mädchen nicht für eine Sekunde aus den Augen, bis deine Dienstfreien kommen«, knurrte er. »Sie müssen ja einen Grund haben, sich hier hinzulagern. Bei jeder Veränderung der Lage rufst du mich an. Ich fahre heim und halte dort Don Fernando bei Laune, bis der Bus mit den neuen Mädchen kommt. Doña Natalia kann zwar jetzt nicht mehr dem Gouverneur ihr Leid klagen, der ist über alle Berge. Aber Unannehmlichkeiten kann sie mir immer noch bereiten, vor allem dann, wenn ich ihr den armen Fernando heimschicke, ohne dass der ihr Erfolg melden kann.«

20

Susana ging von Gruppe zu Gruppe.

»Wenn Mädchen im Bus sind« , flüsterte sie, »dann müssen wir zu ihnen laufen, sobald sie aussteigen, und ihnen in aller Eile zuflüstern, dass sie in große Schwierigkeiten geraten werden, wenn sie nicht sofort mit uns kommen und uns vertrauen. ›Später werden wir euch alles erklären‹, müsst ihr ihnen sagen. Umringt sie, seid herzlich. Sie sind ja ahnungslos und die meisten von ihnen werden Angst vor all dem Neuen haben. Sie müssen begreifen, dass sie hier nur ausgebeutet werden sollen und dass wir sie davor beschützen wollen.«

»Und wenn die Mädchen gar nicht hier vor der Polizeistation aussteigen, sondern gleich zu den einzelnen Familien gebracht werden?«, fragte Flor.

»Dann haben wir Pech gehabt«, antwortete Susana. »Dann wird es sehr viel schwieriger, an die Neuen heranzukommen.«

»Ich werde meinem Bruder Zeichen machen«, sagte Maribel. »Wenn der Bus nur hier an der Polizeistation vorüberkäme, ließe er sich schon irgendwie stoppen. Mein Bruder kann ja so tun, als ob was kaputt daran wäre, und inzwischen können wir den Mädchen durch die offenen Fenster allerlei zurufen. Vielleicht kriegen wir sie so weit, dass sie von allein aussteigen.«

»Wenn überhaupt Mädchen drin sitzen«, sagte Rita.

Sie warteten über eine Stunde.

»Inzwischen lässt sich die Ligia bei meinen Herrschaften

häuslich nieder«, jammerte Josefina. »Für hundertfünfzig Cruces!«

»Und lacht sich halb tot über uns«, fügte Luz hinzu.

»Und es sind mindestens schon drei Herrschaften weniger, die sich noch für unseren Streik interessieren«, sagte Inez.

»Sollen nicht ein paar von uns hingehen und die drei rausholen aus ihren Häusern?«, fragte Nana. »Ich melde mich freiwillig. Ich hab schon Übung darin.«

Rita und Susana berieten sich, dann sagte Susana: »Wir meinen, es ist wichtiger, dass wir jetzt alle auf der Plaza bleiben, bis der Bus zurückkommt. Drei Streikbrecherinnen werden uns noch nicht gefährlich, im Gegenteil: Sie schaffen Ärger und Neid bei den Señoras, die sich kein Ersatzmädchen beschaffen konnten. Wenn wir heute Abend oder morgen Früh diese Ligia und die beiden anderen heimschicken, reicht es auch noch.«

Inzwischen wurde es auf der Plaza und den Nebenstraßen wieder lebendig. Die schlimmste Hitze war vorüber, die Läden öffneten sich, Neugierige scharten sich um die Mädchen auf dem Rasen, die Maurer und Dachdecker kehrten an ihre Arbeitsstellen zurück.

»Na?«, riefen sie den Mädchen zu. »Was gibt's Neues? Habt ihr noch Luft in den Lungen?«

»Haltet ihr zu uns?«, rief Rita.

»Ja was denn sonst?«, riefen sie zurück. »Und zu dir ganz besonders. Dass so einer wie dieser Mauricio dich kriegen soll, ist Grund genug für einen Streik.«

»Nicht so«, sagte Rita, lief zu ihnen hin und flüsterte:

»Aber wenn wir in die Enge getrieben werden sollten und hier auf der Plaza Radau machen müssten, brauchten wir euer Geschrei. Dann klingt's nach mehr, dann macht's mehr Eindruck, versteht ihr?«

»Na klar«, sagte einer von ihnen. »Lasst euch bloß nicht Bange machen. Wir tun, was wir können.«

In der Polizeistation schrillte das Telefon.

»Ja was ist denn?«, rief der Bürgermeister. »Eine gute Stunde ist vorbei, und du hast mir noch immer nicht die Festnahme der Mädchen gemeldet!«

»Ich kann die Dienstfreien nicht kriegen«, antwortete Don Luis bedrückt. »Der eine soll vollkommen besoffen sein, die beiden anderen sind irgendwohin aufs Land zu Verwandten gefahren. Ich muss warten, bis der Bus zurückkommt mit den vier Leuten ...«

»Herrje!«, brüllte der Bürgermeister in die Muschel.

»Es ist noch alles ruhig hier draußen«, beeilte sich Don Luis zu berichten. »Sie liegen friedlich auf dem Rasen herum und schwatzen.«

»Bis sich die ganze Stadt um sie versammelt hat und zuschaut!«, schrie der Bürgermeister erbost und legte den Telefonhörer grußlos auf.

Nachdem Doña Natalia zum vierten Mal im Hause des Bürgermeisters angerufen und Doña Lucila ihr zum vierten Male sehr kühl die Auskunft gegeben hatte, Don Fernando sei nicht im Hause, und sie wisse auch nicht, wo er sich aufhalte, seufzte Don Fernando und sagte, während er sich langsam aus dem Korbsessel erhob: »Also ich kann jetzt nicht mehr länger warten, Eduardo, das siehst du doch ein, nicht wahr? Es war so gemütlich bei dir und Lucila, seid bedankt. Aber Natalia wird toben, dass ich sie so lange sich selbst überlassen habe. Sie wird wissen wollen, was ich erreicht habe. Was habe ich nun erreicht, Eduardo?«

»Sag ihr, dass der Bus mit den Mädchen jeden Augenblick eintreffen wird«, antwortete der Bürgermeister, »und dass wir das erste Mädchen, das aussteigt, ihr geben werden. Damit ist ja auch der Streik beendet.«

»Hoffentlich wird sie sich damit zufrieden geben«, seufzte Don Fernando. »Sie kann so maßlos sein. Nie lässt sie mir meine Ruhe. Wenn du wüsstest ...«

»Ich weiß, ich weiß«, seufzte der Bürgermeister und klopfte Don Fernando auf die Schulter. »Du hast ein schweres Los. Aber lass dich nicht unterkriegen. Schlag mit der Faust auf den Tisch! Sei ein Mann! Zeig ihr, wer Herr im Haus ist!«

Don Fernando warf ihm einen traurigen Hundeblick zu, dann verabschiedete er sich und ging.

»Und was wird Doña Natalia sagen, falls der Bus leer zurückkommt?«, fragte Doña Lucila, nachdem Don Fernando verschwunden war.

»Das ist nicht auszudenken«, murmelte der Bürgermeister bedrückt.

Auch der Ladengehilfe erschien. Er hatte eine große Tüte Bonbons in der Hand und reichte sie herum.

»Die haben die beiden Putzfrauen aus unserem Laden

für euch gespendet«, sagte er. »Ab und zu kehren sie sich was aus den Regalen in die eigenen Taschen, weil sie beide große Familien haben. Aber diesmal haben sie euch für wichtiger gehalten.«

»Grüß sie von uns«, sagte Susana, »und sag ihnen, dass wir ihnen für ihre Unterstützung danken.«

Alle lutschten Bonbons, als der Bus auf der Plaza erschien. Maribel verschluckte sich vor Aufregung und bekam einen Hustenanfall. Kurz vor vier Uhr schaukelte der blaugelbe Bus um die Ecke und bremste vor der Polizeistation. Atemlos sprangen die Mädchen auf und starrten ihn an. Dann brachen sie in ein Jubelgeschrei aus: Kein einziges Mädchen, keine einzige Frau saß darin, nur der Fahrer und die vier Polizisten! Susana umarmte Rita, jede umarmte, wen sie gerade in der Nähe erwischte, die ganze Plaza hallte wider von ihrem Geschrei und lockte Neugierige herbei. Mürrisch stiegen die vier Polizisten aus, während sich die Plaza nun, da die heißeste Zeit des Tages vorüber war, wieder mit Leben füllte. Todernst, unbewegten Gesichts fuhr Maribels Bruder den leeren Bus fort.

»Störrisches Volk, diese Dörfler«, knurrte Nemesio Paz dem Zigarettenverkäufer zu, der mit seinem Bauchladen neben dem Eingang der Polizeistation lehnte. »Verstecken ihre Frauen und Mädchen, als wollte sich unsereiner auf sie stürzen. Was glauben die wohl, was wir sind? Monster? Wilde? Menschenfresser?«

Der Zigarettenverkäufer lachte beflissen. Er hielt auch dem Sergeanten Mauricio Ramirez eine Packung Zigaretten hin, aber der winkte ab, warf einen schrägen Blick auf die lärmenden Mädchen und verschwand eilig im Inneren des Gebäudes. »Weiß der Chef von der Dienstmädchenversammlung da draußen?«, fragte er den Schreiber im Büro, einen buckligen Zivilisten.

»Soviel ich weiß, ja«, antwortete der.

»Und er hat überhaupt nichts dagegen unternommen?«, rief der Sergeant.

»Fragen Sie ihn doch selber, Sergeant«, antwortete der Schreiber. »Er wird Ihnen genaue Antwort geben können.«

Don Luis reagierte kühl auf die Frage des Sergeanten.

»Ja, ich weiß, dass sie da unten sind«, antwortete er. »Ich bin Ihnen aber keine Rechenschaft schuldig. Was kam bei Ihrer Fahrt heraus? Berichten Sie!«

Der Sergeant erstattete Bericht, den Don Luis telefonisch an den Bürgermeister weitergab.

»Die Expedition ist also missglückt«, fasste der Bürgermeister finster zusammen.

»Man könnte es morgen noch einmal versuchen«, schlug Don Luis vor. »Vielleicht weiter oben in den Gebirgsdörfern.«

»Was nutzen uns Mädchen, die den Salat in einer Kloschüssel waschen wollen?«, rief der Bürgermeister. »Meine Frau würde sich weigern, sich der Strapaze zu unterziehen, diese Weiber aus den Bergen zu zivilisieren. Wenn wir aus unseren nächsten Dörfern keine Frauen oder Mädchen bekommen, die schon eine Ahnung von der Arbeit haben, die sie erwartet, dann hat es gar keinen Zweck weiterzusuchen, es sei denn, wir würden hinauf nach Andagoya fahren und dort solche Mädchen in den Straßen aufsammeln, die auf Arbeitsuche sind. Das würde dort nicht auffallen.«

»Wer käme von denen hier aufs Land?«, fragte Don Luis. »Lieber arbeitslos in der Hauptstadt als Arbeit in so einem Nest wie Santa Monica. Aber wir könnten noch die weitere Gegend in Richtung Küste absuchen. Vielleicht hätten wir Erfolg in den größeren Orten wie Casaverde oder San Bernardo. Es wäre doch gelacht, wenn wir dort keinen Bus voll Dienstmädchen zusammenkratzen könnten.«

»Vorsicht mit den größeren Orten«, sagte der Bürgermeister. »San Bernardo ist immerhin Provinzhauptstadt. Wie schnell könnten wir zum Gespött des Landes werden. Was meinst du, wie rasch sich unser Dilemma herumspräche! Verdammt miese Situation. Jetzt sind unsere Streikerinnen natürlich obenauf.«

»Das sind sie«, antwortete Don Luis. »Seit der Bus angekommen ist, machen sie einen Heidenlärm. Sie haben schon einen Haufen Publikum angelockt. An eine Festnahme ist nicht mehr zu denken. Das würde einen schlimmen Wirbel auslösen. Diese Mädchen haben ja in der ganzen Stadt Sympathisanten. Und außerdem wissen wir nicht genau, wer zur Streikleitung gehört – außer dieser Rita, der ehemaligen Verlobten meines Sergeanten, von der er sich aber, wie er mir sagte, gelöst hat. Offensichtlich gehört auch die Hausangestellte des neuen Arztes dazu, aber die Clique wird sicher noch mehr Mitglieder haben. Fangen wir zwei, machen die anderen weiter. Wenn sie in ihren Garten zurückkehren, werden meine Leute auf der Lauer liegen. Aber im Augenblick ist nichts zu machen.«

»Der einzig gangbare Weg, der uns noch bleibt«, sagte der Bürgermeister niedergeschlagen, »besteht darin, die Streikerinnen auf eine möglichst unauffällige Weise auszutricksen. Auf eine solche Gelegenheit müssen wir warten. Aber wie werde ich inzwischen mit Doña Natalia fertig?« Er erwartete keine Antwort und legte auf.

»Und?«, rief Doña Lucila aus der Küche. »Sind welche gekommen?«

»Keine«, antwortete der Bürgermeister. »Sie scheinen Angst zu haben.«

»Hab ich dir's nicht gesagt?«, rief Doña Lucila. »Die halten doch alle zusammen. Und im Übrigen will ich gar keine Neue, ich will meine Yolanda wiederhaben! Durch Yolanda läuft unser Haushalt reibungslos, Yolanda kümmert sich um alles, ist umsichtig und zurückhaltend, ehrlich und anhänglich und außerdem kocht sie sehr gut. Sie hat sich auf unsere Essgewohnheiten eingestellt und auf unseren Geschmack, sie ist ...«

»Was für ein Loblied«, sagte der Bürgermeister. »Als sie noch bei uns war, hast du jeden Tag über sie genörgelt.«

»Wenn ich ehrlich unzufrieden mit ihr gewesen wäre«, antwortete Doña Lucila, »dann hätte ich sie nicht schon fünf Jahre in meinem Hause. Und ich sage dir, ich will sie wiederhaben! Sonst erleide ich einen Nervenzusammenbruch, ebenso wie Doña Beatriz und Doña Mercedes heute Vormittag.

Wir alle wollen unsere Mädchen wiederhaben! Wir sind ja auch bereit, auf diese Forderungen einzugehen, wenn es denn sein muss, aber Natalia stellt sich quer und mit ihr steht und fällt jede Einigung. Von der Forderung auf Nachzahlung des Lohnes an diese Marta oder wie sie heißt, werden die Mädchen nicht abgehen. Sie würden nicht einmal akzeptieren, dass wir eine Sammlung veranstalten und den Erlös als Lohnnachzahlung an Marta übergäben. Nein, sie werden mit Sicherheit darauf bestehen, dass Natalia persönlich in ihre Schatulle greifen muss. Und dann ist da ja auch noch von irgendeinem persönlichen Eigentum der Marta die Rede, das sie herausgeben soll – wahrscheinlich ein paar Lumpen, ein paar Fotos, drittklassige Kosmetikartikel und ausgetretene Schuhe. Was diese jungen Dinger halt so haben. Auch dieses Zeug wird sie persönlich übergeben müssen. *Den* Triumph werden sie sich nicht entgehen lassen und den gönne ich ihnen auch. Recht geschieht ihr, dass sie von ihrem hohen Ross herunter muss!«

»Du übersiehst, dass sie noch darauf sitzt«, antwortete der Bürgermeister trocken.

»Weißt du, was ich jetzt mache?«, sagte Doña Lucila. »Ich trommle alle Hausfrauen zusammen, die ein Dienstmädchen oder eine Köchin hatten. Dann unterschreiben wir diese Forderungen, und wenn Natalia nicht mitzieht, treiben wir sie in die Enge.«

»Was meinst du mit, ihr treibt sie in die Enge?«, fragte der Bürgermeister.

»Das heißt, dass wir ihr weismachen, dass die Stadtverwaltung sich von nun an weigert, ihren Schutz zu übernehmen. Mit anderen Worten: Wir drohen ihr, sie der Rache der Dienstmädchen auszusetzen.«

»Bist du wahnsinnig?«, rief der Bürgermeister. »Du hast

nicht den geringsten politischen Instinkt! Die Gonzalez' bringen unserer Stadt hohe Steuern ein – wir dürfen sie auf keinen Fall nötigen, die Stadt zu verlassen und anderswohin zu ziehen! Was wäre das für ein Schaden für Santa Monica! Und vielleicht brächten sie es mit ihren guten Beziehungen sogar fertig, *mich* aus dem Sattel zu heben. Möchtest du das etwa? Also lass bloß die Finger von so einer Aktion!«

»Wie du willst«, antwortete Doña Lucila. »Aber dann kann ich dir meinen Nervenzusammenbruch nicht mehr ersparen.«

Und sie fing an zu weinen.

Der Arzt, Dr. Alfredo Prat, hatte am Vormittag viel Arbeit gehabt. Einige Nervenzusammenbrüche in der Allerheiligen-Allee und deren Nebenstraßen hatten ihn eine Menge Zeit gekostet. Aber am Nachmittag hatten sich nicht viele Patienten eingefunden: zwei Mütter mit fiebernden Babys, ein paar alte Leute mit Rheumatismus, Bruchleiden und Asthma, ein aufgeschlagenes Knie – das war alles.

»Wie steht's im Garten?«, fragte er seine Frau Rebeca, die die beiden Kinder im Wartezimmer mit leeren Tablettenröhrchen spielen ließ. »Man hört und sieht nichts mehr.«

»Sie sind in die Stadt hinuntergezogen«, antwortete Rebeca. »Sie wollten sehen, ob es der Polizei gelungen ist, andere Mädchen aufzutreiben.«

»Falls ja, sehe ich schwarz«, sagte Alfredo.

»Ich auch«, antwortete Rebeca.

»Ich finde, wir sollten ihnen beistehen«, sagte Alfredo nachdenklich.

»Tun wir das nicht schon die ganze Zeit?«, fragte Rebeca.

»Ich meine, wir sollten zu ihnen gehen, jetzt gleich, in die Stadt. Vielleicht brauchen sie Hilfe«, sagte Alfredo.

»Wenn du meinst«, sagte Rebeca. »Aber ich sehe nicht viele Möglichkeiten, ihnen zu helfen. Sie sind nur eine kleine Gruppe und außerdem haben sie alle Mächtigen der Stadt gegen sich.«

»Aber die Armen auf ihrer Seite«, sagte Alfredo. »Und drei Viertel der Santa Monicaner sind Arme. Wenn die Armen sich mit unseren Mädchen solidarisch erklärten, würde den Reichen angst und bange, und sie wären zu jedem Kompromiss bereit. Vielleicht ließe sich in dieser Richtung etwas nachhelfen. Komm, mach dich fertig, wir gehen den Mädchen nach.«

»Bist du auch sicher, dass sie von uns Hilfe wollen?«, fragte Rebeca.

»Wie kommst du darauf, dass sie sie ablehnen könnten?«, fragte Alfredo erstaunt. »Wir sind doch die Einzigen von der Gegenseite, die ihnen beistehen.«

»Eben deshalb«, antwortete Rebeca. »Ihr Selbstvertrauen ist gewachsen und damit auch ihr Stolz.«

»Ohne uns hätten sie sich diesen Streik gar nicht leisten können«, sagte Alfredo verstimmt. »Sie sollen sich bloß nicht so haben!«

»Stell du dich auch nicht so an, Alfredo«, antwortete Rebeca gereizt. »Fühl dich nicht als Wohltäter. Du weißt, dagegen bin ich allergisch. Erwarte bloß keine Dankbarkeit von den Mädchen!«

»Als was soll ich mich denn fühlen?«, fragte Alfredo scharf.

»Als Kamerad«, antworte Rebeca. »Aber das wirst du kaum können. Weil du reich bist und gebildet.«

»Das klingt ja geradeso«, sagte Alfredo erstaunt, »als würde noch zwischen dir und mir ein Klassenkampf schwelen?«

»Manchmal kommt mir's fast auch so vor«, antwortete Rebeca. »Manchmal tust du, als hättest du mich von irgendwas erlöst. Unentwegt versuchst du, mich zu dir emporzuziehen, und mit Susana machst du es schon genauso. Mit einer Selbstverständlichkeit nimmst du an, dass du mich glücklich gemacht hast, und es ist dir nie in den Sinn gekommen, dass ich ebenso gut auch mit einem Hilfsarbeiter hätte glücklich werden können!«

»Aber Rebeca«, rief Alfredo erschrocken, »hatten wir uns denn nicht wirklich gern? Waren darüber hinaus nicht alle Standesunterschiede zweitrangig?«

»Ja«, antwortete Rebeca und sah Alfredo an, »ich hab dich immer noch sehr gern. Deshalb ist dieses Experiment auch gut gegangen. Aber manchmal machst du mir's nicht leicht, das kannst du mir glauben.«

»Mir scheint, du hast Recht«, antwortete Alfredo nach einer Weile. »Mir ist das gar nicht bewusst gewesen. Lass uns über die Probleme reden. Wir wollen uns doch zusammenraufen, nicht wahr?«

»Natürlich wollen wir das«, antwortete Rebeca, packte Alfredo bei den Ohren und küsste ihn auf die Nase. »Was dachtest du denn?«

»Dann lass uns jetzt erst mal schnell in die Stadt gehen«, sagte Alfredo glücklich, »und sehen, ob wir erwünscht sind und gebraucht werden. Korrigiere mich, wenn ich etwas falsch mache, ja?«

»Aber wir haben niemanden, der auf die Kinder aufpasst und die Alten versorgt«, sagte Rebeca.

»Setz die Eltern in den Schatten auf die Terrasse und lass die Kinder im Garten spielen«, antwortete Alfredo. »Sie werden wohl gegenseitig auf sich aufpassen. Die Mädchen sind jetzt wichtiger.«

Er rief Dr. Markovic an und bat ihn, die Vertretung für den Rest des Tages zu übernehmen. Er beschrieb in aller Eile ein Pappschild und hängte es an den Eingang seiner Praxis. Dann fuhren sie zusammen los.

»Was meinst du, wo sie hingezogen sind?«, fragte Alfredo. »Auf die Plaza?«

»Wir werden sie schon finden«, antwortete Rebeca.

21

Sie brauchten nicht lange zu suchen. Auf der Plaza wimmelte es inzwischen von Neugierigen, Hilfsbereiten und Kampflustigen. Manche von ihnen hatten schon das Fest beim Doktorsgarten mitgefeiert. Jetzt brachten sie Verwandte, Freunde und Nachbarn mit.

Aus den Seitenstraßen quollen immer neue Gruppen. Es waren nicht nur die Ärmsten der Stadt. Eine ganze Reihe von Ladenbesitzern ließen die Rollläden vor ihren Schaufenstern herab und schlurften hinaus in die grelle Sonne auf der Plaza.

Auch der Priester erschien auf der Schwelle seines Pfarrhauses, und die Nonnen spähten beunruhigt hinter halb geschlossenen Jalousien hervor. Ein ganzer Schwarm von Lehrern, die vom Nachmittagsunterricht heimkehrten, blieb auf der Plaza stehen, um neugierig abzuwarten, was hier geschähe.

Und wirklich, es geschah etwas: Susana sah, noch im Taumel des Triumphs, dass immer mehr Menschen zusammenströmten, dass sie auf etwas warteten, dass sie bereit waren zu helfen. Da fasste sie einen Entschluss.

»Kommt alle mit!«, rief sie den anderen Mädchen zu.

Sie ging zur Kirchentreppe hinüber, lief die Stufen hinauf, drehte sich auf der obersten Stufe, die zugleich Plattform vor dem Portal war, um und hob die Hände. Die anderen Mädchen kauerten sich auf den Stufen nieder. Die ganze Kirchentreppe war jetzt voller Dienstmädchen.

»Leute!«, rief Susana, so laut sie konnte.

»Sie will sprechen«, sagten die Leute zueinander. »Mal hören, was sie zu sagen hat.«

Die Menge drängte zur Kirche. Aber Susana kam noch nicht zum Sprechen. Denn mit großen Schritten eilte der Pfarrer herbei. Die Soutane wehte ihm um die Beine. Er bahnte sich einen Weg durch die Gaffer und Dienstmädchen und erklomm die Kirchenstufen. Vor dem Portal blieb er neben Susana stehen. Er schwitzte. Er war es nicht gewohnt, sich in der prallen Sonne aufzuhalten.

»Was fällt dir ein?«, rief er erbost Susana zu. »Du stehst

hier vor der Kirche, ist dir das klar? Dies ist kein Platz für Aufrührer und Ungehorsame!«

Die Mädchen zogen die Köpfe ein, die Menge schwieg erschrocken. Aber Susana ließ sich nicht einschüchtern.

»Wir sind keine Aufrührer«, sagte sie. »Wir fordern nur unser Recht!«

»Seid folgsam, fügsam und guten Willens, dann wird euch euer Recht schon zuteil«, rief der Pfarrer.

»Das sind wir bis jetzt immer gewesen«, antwortete Susana. »Aber wir sind nur ausgenutzt worden.«

»Papperlapapp«, rief der Priester heiser. »Eure Herrschaften sind gottesfürchtige Leute, ich kenne sie alle!«

Unter den Zuhörern lachte jemand. Der Priester warf einen ärgerlichen Blick in Richtung des Gelächters.

»Geht sofort an eure Arbeit und hört auf, euch in solche Art von Politik zu mischen!«, schrie er zornig die Mädchen an. »Davon versteht ihr nichts. Lasst euch leiten von Gott, nicht von Agenten der Hölle!«

»Blödsinn!«, rief eine Stimme in der Menge, die Susana als Alfredos Stimme zu erkennen glaubte.

Jetzt lachte schon ein ganzer Chor und auf dem Gerüst schräg gegenüber der Kirche applaudierten die Maurer. Die Dachdecker, nicht weit von ihnen entfernt, winkten und johlten.

Der Sergeant Mauricio Ramirez stand neben dem Polizeichef im Eingang der Polizeistation und beobachtete grimmig die Vorgänge auf der Plaza.

»Da tanzen sie uns vor der Nase herum, die Rädelsführerinnen«, zischte er, »und wir stehen da und schauen zu. Würden wir sie festnehmen, wäre der ganze Spuk sofort zu Ende!«

»Nähmen wir jetzt diese Susana fest«, antwortete Don Luis unwillig, »gäbe es einen Riesenspektakel, mit all dem Volk drum herum. Die Sache muss heruntergespielt werden. Wir warten. Die Menge wird sich schon wieder verlaufen. Dann schnappen wir zu.«

»Die Gefährlichere ist Rita«, sagte der Sergeant erregt. »Und wenn wir sie weitermachen lassen, passiert noch was.«

»Nun regen Sie sich mal ab«, sagte Don Luis. »Dass Sie sich mit Ihrer Verlobten zerstritten haben, ist noch lange kein Grund dafür, dass wir eingreifen müssen. Sie können sich ja auf alle Fälle mit den drei anderen Leuten unter die Zuschauer mischen, als Beobachter. Mehr können wir sowieso nicht tun, solange die Eskorte nicht zurück ist. Was soll denn auch schon groß passieren? Es sind doch alles nur Frauen.«

Der Sergeant ballte die Fäuste, aber er schwieg.

»Fort mit euch von der Kirchentreppe!«, donnerte der Priester. Er wandte sich von den Mädchen ab und gestikulierte zur Polizeistation hinüber. »Hierher! Hier muss die Obrigkeit eingreifen! Diese Aufwiegler wollen die Kirche besetzen!«

»Hier will niemand was besetzen«, rief Susana. »Aber von hier kann ich besser gehört werden!«

»Es wäre besser, wenn du deinen vorlauten Mund hieltest!«, rief der Priester. »Einer Frau geziemt es zu schweigen und zu gehorchen!«

»Ha!«, rief Rita so laut, dass es auf der ganzen Plaza zu hören war, und alle lachten.

»Komm doch hier herauf!«, rief ein Maurer Susana zu. Es war der junge Mann, der am Vorabend geholfen hatte, die Polizisten von den Dienstmädchen fernzuhalten. »Von hier aus hört und sieht man dich noch besser, Mädchen!«

»Jawohl«, rief Alfredos Stimme aus der Menge. »Geh dort aufs Gerüst, Susana!«

Die Menge johlte und klatschte. Ein Chor rief im Gleichtakt: »Susana, aufs Gerüst! Susana, aufs Gerüst! Susana, aufs Gerüst!«

»Nein, komm zu uns herüber«, riefen die Dachdecker. »Bei uns bist du noch höher!«

Aber Susana hatte sich für die Maurer entschieden. Die Menge öffnete bereitwillig eine Gasse für sie. Zwei Maurer kletterten herunter und empfingen sie und halfen ihr auf die Laufbretter in der Höhe des ersten Stocks. In aller Eile spannten sie fürsorglich einen Querstrick von Pfosten zu Pfosten, um ihr mehr Sicherheit zu geben. Die Zuschauer wandten sich von der Kirche ab und drängten auf den Rohbau zu. Der Priester, der jetzt einsam vor dem Portal stand, hob die Hände.

»Ich warne euch!«, rief er hinter der Menge her. »Fordert nicht Gottes Zorn heraus! Habe ich euch in meinen Predigten nicht hundertmal gesagt, dass ihr euch vor den politischen Verführern vorsehen sollt? Jetzt wagen schon die Verführten öffentlich zu sprechen, und ihr hört auch noch zu! Her zu mir, herein in die Kirche und auf die Knie, um Gott für seine Geduld, die er mit euch hat, zu danken!«

Aber niemand hörte ihm zu.

Die Dienstmädchen hatten sich im Gedränge verloren und standen nun in der Menge verstreut.

»Schieß los!«, rief Rita vom Fuß des Gerüsts zu Susana hinauf. Die Zuschauer klatschten erwartungsvoll. Ein Maurer schlug auf eine große Zinkwanne. Sie tönte wie ein Gong. Der Lärm verstummte, alle lauschten.

»Leute!«, rief Susana. »Wir Dienstmädchen schinden und plagen uns für die reichen Herrschaften, und unsere Mütter und Großmütter und Urgroßmütter haben sich auch schon für sie geschunden und geplagt, viele von ihnen nur für Bett und Kost und ein paar abgelegte Kleider von der Señora. Wer von uns einen Lohn ausgezahlt bekommt, der bekommt nur eine lächerliche Summe. Die meisten von uns fangen morgens um sechs mit der Arbeit an und arbeiten bis um acht oder neun am Abend. Fast alle haben nur einen halben Tag in der Woche frei. Unsere Kammern sind halbdunkle Löcher, die selten frisch getüncht werden. Für uns gibt es einen extra Kücheneingang. Wir müssen in der Küche essen. Wir bekommen die Reste, die die Herrschaften von der Mahlzeit übrig lassen. Wir müssen es uns gefallen lassen, wenn sich die Herren uns gegenüber frech benehmen, sonst verlieren wir die Arbeit. Wir haben keine Kündigungsfristen. Wir werden geduzt, dürfen aber unsere Herrschaften beileibe nicht duzen. Wir sind Menschen zweiter Klasse!«

»Pfui!«, rief ein Maurer neben ihr.

»Pfui!«, echote die Menge.

»Wir sind nicht so gebildet wie unsere Herrschaften«, fuhr Susana fort. »Kaum eine von uns kann lesen und schreiben. Wir haben auch nicht gelernt, wie man sich vornehm benimmt und haben nichts von der Welt gesehen außer Santa Monica und die Dörfer ringsum. Aber das ist nicht unsere Schuld. Denn hätten wir genug Geld gehabt, wären wir jetzt auch so gebildet wie die Herrschaften.«

»Stimmt genau!«, rief jemand und erhielt lebhaften Applaus.

»Wir wollen aber keine Menschen zweiter Klasse sein«, rief Susana. »Wir wollen auch leben und sogar noch ein bisschen besser als nur von der Hand in den Mund. Wir wollen lesen und schreiben lernen und die Zeitung lesen können und sogar Bücher. Wir wollen genug Freizeit haben. Und wir wollen Kündigungsfristen haben, damit uns genug Zeit bleibt, eine neue Stellung zu suchen!«

»Recht habt ihr!«, rief jemand und steckte andere mit seinem Ruf an.

»Jawohl, Recht habt ihr!«, echote es aus allen Richtungen.

»Deshalb streiken wir«, fuhr Susana fort. »Und wenn wir auch eine Menge Forderungen haben, so wollen wir sie doch nicht alle auf einmal durchdrücken. Wir verlangen für den Anfang nur, dass das Unrecht, das eine von uns von ihrer Señora erlitten hat, wiedergutgemacht wird und dass die ganz jungen Hausangestellten, die Anfängerinnern, nach einem halben Jahr Lernzeit Lohn bekommen. Und wir fordern außerdem einen ganzen Tag Urlaub pro Woche. Dazu sollen sich unsere Señoras mit ihrer Unterschrift verpflichten.«

»Richtig!«, riefen ein paar Stimmen herauf. Applaus setzte ein. »Wir helfen euch!«, rief Alfredo mitten in der Menge.

»Jawohl, wir helfen euch!«, schrien die Zuhörer begeistert.

Dann trat wieder Stille ein. Man sah, dass Susana noch nicht fertig war.

»Erst haben sie uns nicht ernst genommen, als wir anfingen zu streiken«, rief sie. »Dann haben sie versucht uns einzuschüchtern. Als das nichts nützte, haben sie uns mit süßen Worten zur Aufgabe überreden wollen. Schließlich haben sie gedroht, dass sie sich einen ganzen Bus voll anderer Mädchen aus den Dörfen beschaffen werden. Aber der Bus kam leer zurück. Die Mädchen in den Dörfern haben sich versteckt.«

Sie erntete dröhnenden Applaus und Gelächter.

»Geschieht ihnen recht!«, rief jemand, und ein Dachdecker rief mit sich überschlagender Stimme herüber: »Erstickt sie doch in ihrem eigenen Saft!«

»Wir hätten auch einiges mit unseren Bossen abzurechnen«, sagte ein Maurer neben Susana. »Sehr viel sogar!«

»Gebt ja nicht auf!«, rief eine Frau von unten. »Jetzt, so kurz bevor eure Señoras aufgeben müssen. Ich wollte, wir Waschfrauen und Putzfrauen und Büglerinnen würden uns euch anschließen, aber die meisten haben Angst um den Arbeitsplatz!«

»Wir haben bloß noch für einen Tag zu essen«, rief Susana. »Wegen des Festes gestern. Es war ein herrliches Fest, es hat uns Mut gemacht, weil wir dabei gemerkt haben, wie viele Freunde wir haben. Aber es hat uns einen großen Teil unserer Vorräte gekostet.«

»Wir sammeln!«, riefen Stimmen aus der Menge.

»Warum gehen wir nicht gleich aufs Ganze?«, rief ein Maurer neben Susana. »Warum wollen wir den feinen Damen noch so lange Zeit zum Überlegen lassen?«

Jetzt wurde der Polizeichef hellhörig.

»Jawohl!«, rief ein Arbeitsloser. »Lasst uns in die Allerheiligen-Allee ziehen und in alle Straßen, in denen Reiche wohnen, von Haus zu Haus, von Villa zu Villa, und die Damen einzeln herausholen zur Unterschrift! Und wehe ihnen, wenn sie sich sträuben! Wir zertrampeln sie!«

»Und dann plündern wir ihre Häuser!«, johlte ein junger Bursche in einem zerlumpten Hemd. »Dann holen wir raus, was uns gefällt, und stecken an, was übrig bleibt!«

»Nichts soll von diesem Klüngel übrig bleiben!«, schrie der Arbeitslose. »Ich kenne sie. Es ist nicht schade um sie. Jetzt wollen wir mal reich sein und uns wichtig machen! Erschlagt sie wie die Ratten!«

Die Menge brüllte vor Begeisterung und geriet in Bewegung.

»Halt!«, rief der Arzt Dr. Alfredo Prat und rannte die Kirchenstufen hinauf, dorthin, wo der Priester gestanden hatte, der inzwischen wütend in der Kirche verschwunden war. »Keine Gewalt! Die Damen werden freiwillig unterschreiben – Gewalt würde den Mädchen nur schaden. Behaltet Ruhe und Besonnenheit! Und die Mädchen an die Spitze! Um die geht's ja schließlich!«

Während sich die Menge in einen langen Zug ordnete, stürzte Don Luis in die Polizeistation, um dem Bürgermeister Bericht zu erstatten und sich neue Weisungen zu holen. Aufgeregt schilderte er die neue Lage.

»Mein Gott«, stöhnte der Bürgermeister, »wer hätte gedacht, dass sich daraus so etwas entwickelt? Wenn wir diesen Haufen nicht im Griff behalten, ist er imstande, die halbe Stadt zu plündern!«

»Das befürchte ich auch«, rief Don Luis, der Polizeichef. »Wir müssen handeln! Vor allem dürfen wir die Leute nicht reizen, sonst kommt es tatsächlich zu Gewalttaten. Der neue Arzt scheint den Kurs gewechselt zu haben. Er versucht, sie von den Kirchenstufen aus zu beruhigen, aber es ist fraglich, ob ihm das gelingen wird. Wir haben jetzt insgesamt fünf Leute: die vier vom Bus und einen Fünften, der dienstfrei hatte und von Nachbarn vom Land geholt wurde, wo er auf einer Hochzeit war. Die anderen von der Eskorte werden nicht vor heute Abend zurück sein. Denn in allen Dörfern, die am Weg nach San Bernardo liegen, wird die Bevölkerung dem Gouverneur Geschenke und Petitionen überreicht haben, das hält auf. Mit fünf Leuten können wir keine Ausschreitung verhindern. Wir haben ja auch weder Wasserwerfer noch Tränengas. Wir können doch nicht einfach in die Menge schießen!«

»Die Damen«, sagte der Bürgermeister heiser. »Jetzt können nur noch unsere Damen die Gefahr abwenden. Luis, ich bitte dich, halte die Horde irgendwie auf, lass dir was einfallen! Was? Natürlich nicht mit Gewalt, das würde die Gemüter nur zusätzlich erhitzen. Inszeniere einen kleinen Verkehrsunfall, einen harmlosen, mitten auf dem Weg, den die Menge einschlägt …«

»Der würde ihn nicht lange aufhalten«, warf Don Luis zurecht ein.

»Dann denk dir irgendwas anderes aus, Luis, was nach Zufall aussieht. Die Horde darf nicht früher in der Allerheiligen-Allee ankommen, als unsere Damen die Unterschriften beisammen haben und sich auch dort versammeln. Ich werde persönlich zu den Gonzalez' fahren, jetzt sofort, und ihnen klarmachen, was ihnen blüht, wenn sie nicht einlenken. Ich bringe Doña Natalia zur Allerheiligen-Allee und werde bei der Begegnung dabei sein. Sei du auch dort und beschütze mit deinen Leuten die Damen, falls es nötig sein sollte.«

»Mit den fünf Mann, die mir zur Verfügung stehen?«, fragte Don Luis verzweifelt, aber der Bürgermeister hatte schon aufgelegt.

22

Es dauerte nicht einmal eine halbe Stunde, bis die Frau des Bürgermeisters die Damen der Gesellschaft zusammengetrommelt hatte.

»Es geht um Tod oder Leben!«, schrie sie ins Telefon. »Wir brauchen deine Unterschrift, Carlota! Ja, wegen der Mädchen. Die haben sich mit dem Plebs verbündet. Komm sofort zum Rondell am Anfang der Allerheiligen-Allee, dort ist der Treffpunkt. Alles Nähere dort. Gib die Nachricht weiter! Die Kinder? Dann bring sie mit, wenn du absolut niemanden hast, der auf sie aufpasst! Schnell!«

»Nein, ich bin nicht der richtige Mann für diese Aufgabe«, sagte der Sergeant hastig. »Ich kann nicht gut schauspielern. Mir würde das keiner glauben. Nehmen Sie den Paz, der schreckt vor nichts zurück. Stellen Sie ihm eine Beförderung in Aussicht, dann kapiert er schneller, worum es geht.«

»Dann rufen Sie ihn gefälligst, verdammt noch mal!«, brüllte Don Luis.

»Paz!«, schrie der Sergeant ins Treppenhaus. »Nemesio! Sofort zum Chef! Flieg, wenn du kannst!«

Die Menge auf der Plaza formierte sich inzwischen unter der gemeinsamen Leitung des Arztes und des jungen Maurers zu einem Zug, den die Dienstmädchen anführten.

»Hau ab«, rief der Maurer dem zerlumpten Burschen zu, der mit einem kalkbespritzten Pfahl von der Baustelle herumfuchtelte. »*Du* bist hier nicht die Hauptperson, es geht hier um die Mädchen.«

»Ich will den Mädchen den Weg freimachen«, johlte der Bursche. »Ich will sie beschützen!«

»Niemand will sie angreifen«, sagte der Maurer. »Mach dich nicht so wichtig.«

Der Zug setzte sich in Bewegung. Eine Kinderschar lief vorneweg, dann folgten die Dienstmädchen, flankiert von

Burschen und Männern. Dahinter drängten Zornige und Habgierige, Rachedurstige und Neugierige nach, und die Leute, die sich in den Straßen, durch die der Zug kam, aus den Fenstern lehnten, konnten allerlei Rufe aus der Menge hören: »Macht sie fertig!«

»Jetzt sind wir dran!«

Aber diese Rufe steckten noch nicht an. Der Zug blieb friedlich. Erst als zu beiden Seiten schwer bewaffnete Polizisten auftauchten, wurde die Menge unruhig.

»Kommt nur näher!«, rief ihnen der Zerlumpte zu. »Ihr kriegt den Schädel gratis eingeschlagen!«

Und er schwenkte seinen Pfahl.

Aber es waren so wenige Polizisten, dass man sie kaum ernst nehmen konnte: zwei auf jeder Seite. Und sie hielten sich deutlich zurück.

An der Ecke der Straße Santa Barbara mit der Straße Simon Bolivar geriet der Zug plötzlich ins Stocken: Ein paar Schaulustige hatten sich auf der Straße versammelt und starrten auf das Flachdach des gegenüberliegenden vierstöckigen Hauses. Dort oben stand ein Mann scharf an der Dachkante und beugte sich über den Abgrund.

»Was macht der denn da?«, fragten die Vordersten im Zug und blieben stehen.

»Ein Selbstmörder, ein Selbstmörder!«, schrie eine Alte und fuchtelte erregt mit den Händen. »Gleich wird er springen!«

Der Zug löste sich auf und verwandelte sich in einen gewaltigen Halbkreis, ohne dass Alfredo und der Maurer dies verhindern konnten. Alle legten die Köpfe in den Nacken und blinzelten hinauf. Es herrschte dichtes Gedränge. Hinter den Letzten des Zuges waren ein Eisverkäufer und ein Leiermann hergekarrt, und schon eilte aus einer Nebenstraße der Ballonverkäufer mit einem frisch aufgefüllten Strauß nach. Wie aus dem Nichts tauchten plötzlich einige Bauchladenhändler auf. Der Drehorgelmann fing an zu leiern. Er hatte sich mitten in der Menschenmenge niedergelassen.

»Wenn er springt, fällt er auf dich!«, rief ihm jemand erschrocken zu, aber das kümmerte den Leierkastenmann nicht, denn er war fast taub und fast blind. Er leierte unermüdlich und zeigte auf seinen Hut, der umgekehrt auf der Drehorgel lag.

»Hör doch auf zu dudeln!«, brüllte ihm jemand, der seine Gebrechen kannte, in die Ohren. »Man kann ja nichts verstehen! Der da oben ruft was!«

Der Drehorgelmann hielt die Kurbel an und lauschte mit offenem Mund.

»Ich mache Schluss!«, brüllte der Mann auf dem Dach.

»Heilige Mutter Gottes, bitte für ihn!«, kreischte eine Frau hysterisch und rang die Hände.

»Zurück! Er springt!«, schrie ein Polizist. »Holt die Kinder hier weg!«

Wer hinaufschaute, musste in die grelle Sonne starren, man konnte den Mann auf dem Dach nicht genau erkennen. Klein war er und ein wenig rundlich und er hatte nur eine Khakihose und ein Unterhemd an.

Marta, die neben Susana stand, fing an zu weinen.

»Warum geht denn niemand hinauf und hält ihn fest?«,

schluchzte sie. »Man kann doch nicht einfach warten, bis er springt?«

»Ein Priester muss her!«, schrie ein Mann aus dem Zug. »Und der Arzt!«

»Der Arzt ist da«, sagte Alfredo ruhig.

Der Polizeichef erschien. Er winkte dem Sergeanten Mauricio Ramirez und brüllte: »Sofort die Feuerwehr alarmieren! Wir brauchen ein Sprungtuch!«

Santa Monica hatte nur eine freiwillige Feuerwehr. Die brauchte ihre Zeit, bis sie sich zusammengefunden hatte. Der Polizeichef verschwand im Hausflur. Kurz darauf entdeckten ihn Kinder, die auf eine gegenüberliegende Garage geklettert waren, hinter dem Mann auf dem Dach.

»Hoffentlich gelingt es ihm, den armen Kerl davon abzuhalten zu springen«, sagte Rita, und Marta nickte heftig. »Ich begreife einfach nicht, wie einem die Lust zu leben vergehen kann!«

»Doch, ich begreif's«, murmelte Marta. »Vor ein paar Tagen hätte ich Lust gehabt, Schluss zu machen.«

»Und was hättest du davon gehabt?«, fragte Rita. »Da wärst du jetzt tot, wenn dir Doña Natalia deine Sachen und den Lohn übergeben wollte. Stell dir doch vor: den Lohn für ein ganzes Jahr! Du wirst reich sein! Du wirst gar nicht wissen, was du mit dem Haufen Geld anfangen sollst.«

»Ich glaub noch nicht dran«, seufzte Marta. »Die gibt nicht nach, die lässt sich nicht zwingen. Das hätte ich eigentlich wissen sollen. Dann wär das alles nicht gekommen.«

»Und wenn sie dir's gibt?«, sagte Rita leise. »Borgst du

mir dann dreißig Cruces? Ich zahl sie dir bis zum Juni zurück, allerspätestens bis zum Oktober …«

Marta nickte bekümmert. Den Gaffern war es unbegreiflich, dass der Sergeant verstohlen grinste. Hatte er denn kein Herz im Leib? Wie konnte ihm zum Lachen zumute sein, während der arme Teufel da oben nicht mehr aus noch ein wusste und jeden Augenblick die Nerven verlieren konnte?

»Warten Sie!«, hörte man oben Don Luis rufen. »Springen Sie nicht! Es wird sich alles zum Guten wenden!«

»Zu Befehl«, antwortete der Lebensmüde und trat einen kleinen Schritt zurück.

»Das hört sich an, als wär's einer von der Polizei«, sagte der junge Maurer zu Alfredo.

Oben auf dem Dach gab es ein halblautes, aber anscheinend heftiges Gespräch.

Der Lebensmüde ging wieder einen kleinen Schritt vorwärts bis zur Kante.

»Das ist der Paz!«, rief plötzlich eine Stimme aus der Menge. Die Leute sahen sich verblüfft an. Der Paz? Ja, wie kam denn der Paz auf das Dach? Warum wollte er sich denn das Leben nehmen? Er bekam doch jeden Monat seinen Lohn!

»Das kann ich schon verstehen«, sagte Flor. »Es hat ihn niemand richtig ernst genommen. Und er wollte auch ernst genommen werden. Da hat er eben nicht mehr gewollt.«

»Der Paz?«, fragte Yolanda. »Nicht mehr gewollt? Das kann ich mir nicht vorstellen.«

»Nemesio!«, rief Rita hinauf. »Es tut mir leid, verstehst

du? Ich verspreche dir, dich nie wieder so zu verulken wie gestern!«

»Paz!«, rief ein ganzer Chor. »Wir mögen dich. Spring nicht! Hörst du? Wir mögen dich!«

Diesen Ruf griffen alle auf. Zehnmal, zwanzigmal wiederholten sie mit in den Nacken gelegten Köpfen: »Spring nicht, wir mögen dich! Spring nicht, wir mögen dich! Spring nicht, wir mögen dich!«

Da trat Paz vom Rand des Daches zurück und war nicht mehr zu sehen. Eine Weile später beugte sich Don Luis über die Dachkante und rief herab: »Gott sei Dank, er ist gerettet. Er will wieder leben!«

Die Menge brüllte und winkte hinauf und schwenkte Hüte und Tücher.

»Wir wollen ihn sehen, wir wollen ihn feiern!«, rief der Zerlumpte.

Die Menge wartete. Der Sergeant verschwand im Haus, es verging eine geraume Weile. Inzwischen ertönte die Drehorgel, und der Eisverkäufer und die Bauchladenhändler machten gute Geschäfte. Die Feuerwehr fand sich ein, rollte das Sprungtuch auf, rollte es wieder zusammen. Es gab viel zu gaffen. Schließlich wurde die Menge ungeduldig.

»Nemesio Paz! Nemesio Paz!«, riefen Sprechchöre.

Der Sergeant erschien, kletterte auf das Feuerwehrauto und rief: »Er braucht erst einmal Ruhe! Er will jetzt niemanden sehen. Er ist ganz erschöpft. Geht heim, Leute.«

Die Wartenden wechselten enttäuschte Blicke. Sie hätten den Nemesio Paz so gern gefeiert!

»Solltest du nicht nach ihm schauen?«, fragte Rebeca.

Alfredo raunte ihr ins Ohr: »Der braucht mich nicht. Das war alles nur gespielt. Sie wollten uns aufhalten, um Zeit zu gewinnen. Und der Paz hat sich da oben ganz schön anpfeifen lassen müssen, weil er nicht gut geschauspielert hat. ›Zu Befehl!‹, hat er gesagt und dabei die Hacken zusammengeschlagen. Ich hätte fast laut gelacht.«

»Warum hast du es den Leuten nicht gesagt?«, fragte Rebeca empört. »Warum hast du sie in dem Glauben gelassen, dass es echt war?«

»Weil diese Verzögerungstaktik diesmal in unserem Interesse war«, antwortete Alfredo. »Eine solche Menge von Menschen lässt sich leicht berauschen und schwer zügeln. Ein falsches Wort, eine ungeschickte Reaktion, und schon könnte der Funke fliegen, der die aufgestaute Wut zur Explosion brächte. Es wäre niemandem geholfen, wenn die Reichen wie Hasen gejagt und ihre Häuser geplündert würden. Vergiss nicht: Wir gehören auch zu ihnen.«

»Aber du glaubst doch nicht«, sagte Rebeca, »dass sich jetzt der Zug auflöst und alle nach Hause gehen?«

»Das werden die aus dem Villenviertel auch nicht erwarten«, sagte Alfredo. »Aber mit diesem Zwischenspiel sind die Leute abgelenkt worden, haben sich die erhitzten Gemüter beruhigt. Nicht schlecht die Idee, nur dilettantisch ausgeführt. Polizisten sind eben keine Schauspieler. Verrate nichts, Rebeca, über meine Vermutung. Sonst würden die Leute rasend, und das genaue Gegenteil wäre erreicht. Wer will sich schon an der Nase herumführen lassen?«

»Kommt!«, rief Susana ihren Mädchen zu. »Wir ziehen weiter, in die Allerheiligen-Allee!«

23

Der Bürgermeister, der Kaufmann Safadi und der Anwalt Cántaro stürzten aus dem Wagen und rannten durch den Vorgarten auf das Haus der Gonzalez' zu, hinter dessen zertrümmerten Fensterscheiben die Vorhänge zugezogen waren, und klopften und schellten gleichzeitig. Drinnen war ein erregtes Streitgespräch zu hören.

»Aufmachen!«, brüllte Julio Cántaro. »Sie kommen!«

Der Hausherr beugte sich mit einem Revolver in der Hand aus dem Fenster.

»Ach, ihr seid's«, stammelte er. »Gott sei Dank, ich dachte schon, der Haufen sei da.«

Er verschwand und öffnete die Tür.

»Ich weiß, worum es geht«, keuchte er. »Wir wurden angerufen. Die Dienstmädchen und ein Haufen Volk ziehen auf unser Viertel zu. Kommt rein, Freunde, und helft mir, ich bitte euch! Eduardo, wenn du mich jetzt nicht im Stich lässt, werde ich der Stadt einen Springbrunnen stiften oder ein Denkmal – egal was, aber hilf mir, Eduardo! Meine Frau – ihr versteht, sie hat ihren Stolz, sie hat ihre Prinzipien, sie fühlt sich im Recht. Es ist so schwierig, sie zu überzeugen!«

»Menschenskinder«, schimpfte Cántaro, »wir haben doch keine Zeit mehr, jemanden zu überzeugen!«

Don Fernando schob sie in die Halle, wo Doña Natalia mit zurückgeworfenem Kopf in einem Korbsessel saß, umringt von ihren vier Kindern, die verstört auf sie einredeten.

»Ich weiß schon, weshalb ihr kommt und was ihr von

mir wollt«, rief sie den Eintretenden mit funkelnden Augen entgegen. »Aber ich denke nicht daran, mich von diesem Plebs einschüchtern zu lassen! Wer sind die denn? Ein armseliges Häufchen Nichts. Und außerdem haben wir unsere Polizei!«

»Fünf Leute! Ganze fünf Leute!«, brüllte der Bürgermeister. »Fünf Leute gegen ein paar Hundert! Und es ist noch nicht einmal sicher, ob sie schießen würden, wenn sie den Befehl dazu bekämen, denn unter dem Volk sind ihre eigenen Angehörigen, und sie sind ebenso arme Luder wie die, auf die sie schießen sollen, mit ihren lächerlichen Gehältern! Es sollte mich wundern, wenn sie im Ernstfall zu uns hielten. Begreifst du denn nicht, Natalia, dass wir in allerhöchster Gefahr schweben? Es brauchen nur ein paar Demonstranten in unsere Häuser einzudringen und all den Herrlichkeiten gegenüberzustehen, die sie sich niemals werden leisten können – und schon haben wir die schönste Plünderei im Gange. Dass es dann beim Plündern bleibt, ist kaum anzunehmen. Dann sind wir alle dran!«

Doña Natalia starrte die Männer mit unverhohlenem Entsetzen an.

»Los, Don Fernando«, rief der Kaufmann Safadi, »suchen Sie die Sachen dieser Marta zusammen. Sie werden wohl in der Mädchenkammer sein. Schnell!«

Don Fernando winkte den beiden Töchtern. Hastig verschwanden sie und kehrten mit einer großen, prall gefüllten Plastiktüte zurück.

»Habt ihr nichts vergessen?«, rief der Bürgermeister. »Es könnte fatale Folgen haben.«

»Und den Lohn für das letzte Jahr«, sagte der Advokat Cántaro. »Nicht zu knapp!«

»Nein!«, schrie Doña Natalia.

»Mach dich fertig«, sagte der Bürgermeister zu ihr. »Du musst mit. Du musst der Marta die Sachen selber übergeben.«

»Nur das nicht!«, schrie Doña Natalia schrill. »Das könnt ihr mir nicht zumuten!«

»Sie erlauben, Don Fernando?«, sagte Safadi zum Hausherren, der verwirrt mitten in der Halle stand, und fasste Doña Natalia am Arm. Cántaro half ihm, und so zerrten sie Doña Natalia mit Gewalt aus dem Haus und in den Wagen hinein.

»So beruhige dich doch, Natalia«, jammerte Don Fernando, »sie retten dir und uns allen vielleicht das Leben, begreifst du das denn nicht?« Er zwängte sich mit in den Wagen.

Als sie beim Rondell der Allerheiligen-Allee anhielten, hatten sich dort schon die Damen der Gesellschaft versammelt. Es fehlten nur wenige. Der Polizeichef stand mitten unter ihnen und gestikulierte.

»Ruhe!«, rief er. »Nur die Ruhe bewahren!«

»Das ist der Untergang von Santa Monica!«, wimmerte die Witwe Molina. »Fliehen wir! Verlassen wir die Stadt! Seien wir froh, wenn wir unser blankes Leben retten können!«

Einige Damen waren im Wagen gekommen, aber die meisten zu Fuß. Sie hatten es ja nicht weit. Fast alle Villen lagen an der Allerheiligen-Allee oder an einer ihrer Nebenstraßen. Viele Frauen waren von ihren Ehemännern begleitet worden, die nun zusammenstanden und heftig diskutierten, während Doña Lucila, die in aller Hast ein Schriftstück vorbereitet hatte, Dame um Dame zur Unterschrift bat. Es gab keinen Tisch. Sie unterschrieben auf der Motorhaube eines Autos.

»Sie kommen!«, riefen ein paar Kinder.

»Heilige Mutter Gottes«, flüsterte Doña Beatriz, »wenn das bloß gut geht ...«

Im Hintergrund zerrten Safadi und Cántaro Doña Natalia aus dem Wagen. Sie wehrte sich. Ihre Frisur löste sich auf, sie verlor einen Schuh und schrie um Hilfe. Ihr Mann versuchte sie zu beruhigen. Kinder versammelten sich um sie und gafften.

»Sei wenigstens leise, Natalia, du bringst uns alle in Gefahr!«, rief Doña Lucila.

Der Zug war jetzt nicht mehr wohl geordnet. Ein wilder Haufen wälzte sich durch die Straße Simon Bolivar auf die Allerheiligen-Allee zu. Die Hunde in den Villengärten begannen zu bellen. Über dem Asphalt lag noch der feine Schwemmsand des letzten Regens. Jetzt staubte er unter den vielen Füßen und hüllte den ganzen Zug in eine braune Wolke. Rebeca ging neben Susana. Sie konnten sich durch den Staubschleier hindurch kaum sehen.

»Pass auf«, rief Rebeca Susana zu, »dass du nicht die Macht über deine Leute verlierst!«

Es herrschte ein solcher Lärm, dass Susana nichts verstehen konnte. »Gib acht, dass niemand gewalttätig wird!«, schrie Rebeca.

»Wie kommst du auf so eine Idee?«, schrie Susana zurück. »Hast du etwa Angst?«

Da flog schon der erste Stein. Er zertrümmerte die Fensterscheibe eines Hauses, in dem noch nie ein Dienstmädchen gearbeitet hatte.

»Aufhören!«, rief Susana. »Sofort aufhören!«

Sie sah, wie der Zerlumpte sich nach einem Stein bückte. Sie lief auf ihn zu und versuchte ihm den Stein zu entreißen. Der Zerlumpte begann zu lachen.

»Das ist nur der Anfang«, rief er. »Nachher geht's erst richtig los!«

»Verschwinde!«, schrie Susana schrill. »Geh weg!«

»Geh du doch weg«, krähte der Zerlumpte, »wenn's dir nicht mehr gefällt. Oder glaubst du etwa, du hättest hier noch das Sagen?«

Und er warf auch den zweiten Stein, der gegen eine Giebelmauer schlug und auf einen betonierten Waschplatz herabpolterte.

Susana fing an zu weinen.

Auch andere Burschen schauten jetzt nach Steinen aus, das Spiel lockte. Der Zerlumpte hob die Arme und brüllte.

»Drauf!«, schrie er. »Feste drauf! Gebt's ihnen!«

»Das könnte dir so passen«, sagte ein Dachdecker hinter ihm, entriss ihm den Pfahl, den er lose in der Hand hielt, und schlug ihm damit über den Kopf, dass er taumelte. Im gleichen Augenblick drängte sich Rita zwischen die Burschen, hängte sich bei zweien ein und rief: »Warum singen wir nicht ein Lied? Damit wären wir noch viel eindrucksvoller!«

Sie stimmte ein Marschlied an, das die Rekruten in den Kasernen lernten. Es handelte von Vaterland und Heldentum und einer Ana Maria, die treu daheim wartete. Zu dem Takt des Liedes bewegten sich die Beine wie von selbst, da konnte man nicht stehen bleiben und sich nach Steinen bücken.

Und der Zerlumpte verzog sich finster an das Ende des Zugs. Keiner der vier Polizisten hatte etwas von dem Vorfall bemerkt.

Ein paar Autos, deren Fahrer sich plötzlich dem Zug gegenübersahen, hielten am Straßenrand, ein Eselskarren drehte schleunigst um und verschwand. Die Allee leerte sich bis auf einige Passanten, die neugierig stehen blieben.

Die Begegnung fand am Rondell statt, einem großen runden, mit einer niedrigen Steinmauer eingefassten Blumenbeet, in dessen Mitte ein Springbrunnen plätscherte.

Beim Anblick der Damen und ihrer Begleiter geriet der Zug für einen Augenblick ins Stocken. Der Lärm legte sich auf beiden Seiten. Die Kinder, die dem Zug vorausgelaufen waren, drückten sich scheu beiseite. Auch die Burschen und Männer, die die Dienstmädchen flankiert und zuletzt die Spitze gebildet hatten, zogen sich zurück, sodass wieder die Dienstmädchen den Zug anführten. Schweigend warteten die Damen auf der anderen Seite des Rondells, bis sie sich genähert hatten. Auch sie standen jetzt im Vordergrund. Die Kinder hatten sie nach hinten zu den Männern geschickt. Die vier Polizisten schoben sich zwischen die Fronten.

»Sieh dir das an«, flüsterte Rita Susana erstaunt zu. »Da erwarten sie uns schon. So zahm sind sie geworden.«

»Das macht die Angst«, antwortete Susana und rieb sich verstohlen die Augen.

Langsam legte sich die Staubwolke. Eine erwartungsvolle Stille entstand. Dann trat Doña Lucila vor und fragte laut: »Wo ist die Streikleitung?«

»Hier«, antwortete Susana und trat ebenfalls vor, zusammen mit Rita, Yolanda, Ermengilda, Maribel und Luz.

Die übrigen Dienstmädchen wollten in der vordersten Reihe bleiben, sie wollten ganz genau sehen, was jetzt geschehen würde. Sie bildeten einen großen Halbkreis, und das Volk hinter ihnen reckte die Hälse. Es gab großes Gedränge. Wer vorn stand, musste sich nach hinten stemmen, um nicht in das Blumenbeet geschubst zu werden.

Doña Lucila schritt über die Blumen und reichte Susana die Liste. »Ein paar Unterschriften fehlen noch«, sagte sie ruhig. »Die Damen sind im Augenblick nicht zu erreichen. Sie werden später unterschreiben, dafür bürge ich. Und auf Doña Rebecas Unterschrift werden Sie sicher nicht bestehen, nehme ich an.« Sie trat zurück.

Susana zeigte Rita die Liste und fragte: »Soll ich sie laut vorlesen?«

Rita zählte die Unterschriften.

»Ist die Natalia drauf?«, fragte sie.

Susana überflog die Liste und nickte.

»Die allerletzte«, sagte sie.

»Das genügt«, antwortete Rita.

»So leicht ist das also«, sagte Ermengilda halblaut zu

den Mädchen, die hinter ihr standen. »Das hätten wir früher wissen sollen!«

»Jetzt noch Martas Sachen«, sagte Susana.

»Aber von Doña Natalia persönlich!«, rief Rita.

Auf der gegenüberliegenden Front öffnete sich eine Gasse für Doña Natalia. Sie wurde von Cántaro und Safadi mehr gezerrt als geführt. Hinter ihr schritt Don Luis, der Polizeichef. Neben ihr ging ihr Mann, Don Fernando, mit Martas Tüte.

Die Mädchen staunten: Doña Natalia war in einem schrecklichen Zustand – sie, die sonst so gepflegt aussah!

»Komm her, Marta«, sagte Yolanda und zog Marta nach vorn, »du bist hier gleich die Hauptperson.«

Don Fernando warf einen unsicheren Blick auf Marta und sagte: »Da bist du also, Marta. Hier ist dein Lohn für ein ganzes Jahr. Eintausend Cruces.«

Er zog einen Umschlag aus der Tasche, stapfte über die Blumenbeete und reichte ihn Marta.

»Tausend Cruces«, stammelte sie überwältigt. »So viel!«

Ermengilda stieß ihr den Ellbogen in die Seite. Mit zitternden Händen griff Marta nach dem Umschlag.

»Und hier sind deine Sachen«, fügte Don Fernando hinzu und wollte ihr hastig die Tüte übergeben. Aber da griff Rita ein.

»Moment mal«, rief sie. »Marta, diese Sachen, die dir Doña Natalia nicht herausgeben wollte, obwohl sie dir gehören, die willst du doch sicher von ihr selbst überreicht haben, nicht wahr?«

Marta nickte verwirrt.

»Also bitte«, sagte Rita und sah Doña Natalia herausfordernd an.

Don Fernando wollte seiner Frau die Tüte geben, aber sie stieß sie von sich, drehte sich um und strebte fort.

»Mach, was du willst«, zischte sie Don Fernando zu. »Aber so weit kriegst du mich nie!«

»Blutsaugerin!«, schrie der Arbeitslose, der sich bis in die erste Reihe gedrängt hatte.

»Ersäuft sie im Brunnen!«, krähte der Zerlumpte.

Da geschah, was niemand erwartet hatte:

Don Fernando packte seine Frau am Arm, riss sie herum und schrie sie an:

»Übergibst du ihr nicht augenblicklich das Zeug, hau ich dir vor allen Leuten eine runter!«

Doña Natalia brach in Tränen aus, nahm die Tüte mit spitzen Fingern und stolperte auf die Dienstmädchen zu. Ermengilda schubste ihr Marta entgegen. Die schlug die Augen nieder, griff nach der Tüte, knickste tief und bedankte sich.

»Dumme Kuh!«, flüsterte Yolanda hinter Marta. »*Das* ist jetzt nicht nötig!«

Während das Volk klatschte und johlte, sank Doña Natalia um und fiel der Länge nach in die Blumen. Aber Don Fernando zog sie wieder hoch und schüttelte sie, bis sie die Augen öffnete.

»Jetzt zieh hier bloß nicht noch eine Schau ab!«, schrie er sie an. »Das fehlte jetzt noch: großes Theater!«

Und er schob sie vor sich her zum Wagen.

»Schade, dass die Lucrecia nicht hier ist«, flüsterte Rita.

»Die hätte jetzt gestaunt. Nein, dieser Gonzalez. Wer hätte ihm das zugetraut? Es scheint, für den haben wir *auch* gestreikt.«

»Aber meine Stellung!«, rief Marta plötzlich hinter Doña Natalia her. »Sie hat nicht gesagt, ob ich bei ihr weiterarbeiten kann!«

»*Willst* du denn zurück zu den Gonzalez'?«, fragte Doña Lucila erstaunt.

»Ich hab doch keine andere Stellung«, stammelte Marta. »Und es ist so schwer, eine neue zu finden!«

»Aber *ich* arbeite doch jetzt dort!«, jammerte Lena.

»Marta hat das Recht zu entscheiden, ob sie bei den Gonzalez' weiterarbeiten will oder nicht«, sagte Susana. »Denn sie ist zu Unrecht hinausgeworfen worden.«

»Du kannst bei *uns* arbeiten, Marta, wenn du Lust hast«, rief da Rebeca aus den hinteren Reihen. »Du kannst den Haushalt übernehmen, und Susana wird Sprechstundenhilfe, wenn sie will.«

Marta begann zu strahlen.

Zu den Doktorsleuten durfte sie kommen, dorthin, wo es so paradiesisch war! Sie nickte heftig, und auch Lena war glücklich, dass sie bleiben durfte.

»Wir haben damit eure Forderungen erfüllt und erwarten nun, dass ihr bis spätestens morgen Früh zu uns zurückkehrt und eure Arbeit wieder aufnehmt«, rief Doña Lucila über das Rondell.

»Das werden wir«, antwortete Susana.

»Hurra!«, schrie Rita und warf die Arme in die Luft. »Wir haben gesiegt!«

Die Mädchen fielen sich gegenseitig in die Arme, die Menge applaudierte.

Auf der anderen Seite des Rondells zogen sich die Herrschaften still zurück, diese in ihre Wagen, die sie über Nebenstraßen heimlenkten, jene zu Fuß in ihre Häuser, allesamt zwar betreten, aber gleichzeitig sehr erleichtert: Gottlob, es war alles gut ausgegangen, sie waren noch einmal davongekommen.

»So wie früher wird es nie mehr werden, leider«, seufzte die Witwe Molina. »Was für Zeiten!«

»Morgen Früh«, rief ihnen Maribel übermütig nach, »braucht ihr den Kaffee nicht mehr selber zu kochen!«

»Sie werden uns mit ängstlichen Augen empfangen«, sagte Luz.

»Ja, hütet euch nur vor uns!«, rief Rita laut in die Allee hinein.

24

»Zurück zur Plaza!«, rief der Bursche mit dem zerlumpten Hemd. »Jetzt wird gefeiert!«

»Aber doch nicht auf der Plaza!«, rief Susana. »Hinauf in den Doktorsgarten!«

»*Dieses* Fest gehört auf die Plaza«, sagte Rita. »Die halbe Stadt hat mitgeholfen, dass wir gewinnen. Deswegen muss auch in der Stadt gefeiert werden. Der Doktorsgarten ist sowieso zu klein für alle, das hast du doch gesehen. Halb drin, halb draußen, das gefällt mir nicht. Wir wollen alle zusammen sein, jetzt gerade. Feste feiern können wir auch *ohne* den Doktor.«

»Ihr seid undankbar«, sagte Susana gekränkt.

»Und du bist nichts ohne ihn«, sagte Rita. »Ohne seinen Garten, ohne seine Rückendeckung hättest du das Ganze nicht gewagt.«

»Ohne seine Hilfe hätten wir's nicht geschafft!«, rief Susana.

»Mag sein«, antwortete Rita. »Aber das nächste Mal brauchen wir ihn nicht mehr. Das nächste Mal machen wir unseren Streik allein.«

»Dir ist der Sieg in den Kopf gestiegen«, rief Susana zornig. »Hast du vergessen, wie schwierig es war, sogar *mit* Alfredos Hilfe?«

»Weil wir Angst hatten vor unserer eigenen Courage«, sagte Rita. »Und weil wir noch keine Übung im Zusammenhalten hatten. Aber das nächste Mal trauen wir uns schon was zu ...«

Damit verschwand sie in einer gewaltigen Staubwolke und ließ Susana stehen.

Die Menge war längst in Bewegung gekommen, hatte sich von der Allerheiligen-Allee abgewandt und strebte nun dem Zentrum Santa Monicas zu. Jeder hatte es jetzt eilig, der Zorn war verraucht, keiner schenkte mehr den Villen, den Schwimmbassins, den teuren Gärten Aufmerksamkeit. Es gab ein Fest zu feiern! Alles andere wurde gleichgültig.

»Mach Platz, Alter«, rief ein Bursche dem Drehorgelmann zu. »Aber beeil dich, wir brauchen Musik!«

Über dem Zug, der sich immer mehr auseinanderdehnte,

schwebten Luftballons. Man hängte sich ein, man winkte sich zu, auch wenn man sich nicht kannte. Alfredo hatte an einem Arm einen Gärtner, am anderen den Arbeitslosen, Rebeca ging zwischen Marta und Lena, die ihr beide von der Seite verlegene Blicke zuwarfen. Aus einer Seitenstraße kam Perpetua gewatschelt und schloss sich, sonntäglich aufgeputzt, dem Zug an. Es hatte sich herumgesprochen, dass gefeiert werden sollte.

»Ich war auch für diesen Streik«, sagte sie zu einer Plätterin, die neben ihr ging. »Nur bin ich nicht mehr gut zu Fuß. Sonst wäre ich mit in die Allerheiligen-Allee marschiert. Aber in der Versammlung, in der der Streik beschlossen worden ist, da bin ich gewesen. Ja, die Zeiten ändern sich. Wir lassen uns nicht mehr alles gefallen.«

Mitten zwischen den Nachzüglern karrte der Eismann. Sein Geschäft ging glänzend, er war mit diesem Tag mehr als zufrieden. Dabei sollte das Fest erst beginnen! So ein Dienstmädchenstreik, dachte er, was für ein Segen!

»He, ihr Schönen«, riefen die Maurer und Dachdecker den Dienstmädchen übermütig zu, »jetzt werdet ihr gleich geküsst und umarmt, denn ihr seid die Helden des Tages und müsst euch feiern lassen!«

Die Polizisten trotteten schwitzend hinter dem Zug her. Ihnen stand noch ein anstrengender Abend bevor: ein Volksfest auf der Plaza. Außerdem hatten sie das Gerücht um Nemesio Paz zu verdauen, das besagte, er werde für seine Dachszene befördert.

»Dafür wäre ich sogar echt gesprungen«, seufzte ein älterer Wachtmeister.

»Wenn er schon dafür befördert wird«, knurrte ein anderer, »dann sollten sie ihn wenigstens versetzen. Ich halte ihn nicht aus.«

Diese Siegesfeier übertraf noch das Fest im Doktorsgarten. Sie zehrte die letzten Reserven der Armen auf, leerte Vorratskörbe und Sparstrümpfe, kostete den größten Teil der kümmerlichen Blumenpflanzungen auf der Plaza, übersäte den ganzen großen Platz mit Papierfetzen, Obstkernen, Flaschenscherben und den Resten zerplatzter Luftballons. Im Laufe des Abends bildeten sich fünf improvisierte Bands, von denen sich eine vor der Kirchentür niederließ, eine andere vor dem Eingang der Polizeistation. Überall wurde getanzt, sogar vor den Fenstern des Nonnenklosters, deren Jalousien sich schon während Susanas Ansprache geschlossen hatten. Eine Traube von Kindern hing auf dem Denkmal, und ein kleiner Junge ritt sogar auf General Morazos Schultern. Buden entstanden wie aus dem Nichts, reihten sich aneinander, Marktschreier priesen ihre Waren an, Wahrsagerinnen lauerten in grellfarbigen Zelten auf Kundschaft, Losverkäufer winkten, ein Zauberer schwenkte sein Kartenspiel, der Duft knuspriger Maistaschen verbreitete sich über die ganze Plaza, Dampf stieg aus Kochkesseln, Zuckerwatte spann sich um Stäbchen und verklebte zufriedene Kindergesichter. Die halbe Stadt fand sich auf der Plaza zusammen, und auch die einbrechende Dunkelheit hinderte niemanden daran, weiterzufeiern. Gewiss, es gab einige Schlägereien, und eine Scheibe der Polizeistation ging zu Bruch durch eine leere Flasche. Aber derlei Zwischenfälle hatten nichts zu tun mit dem Streik, sie gehörten zu jedem Fest, und als die Polizisten der Eskorte zurückkehrten und sogleich auf die Plaza beordert wurden, um für Ruhe zu sorgen, fanden sie nicht viel zu tun. Sie murrten, denn sie waren todmüde, und Manuel erlaubte sich einen Verstoß gegen seine Dienstvorschriften: Er küsste Flor hinter dem Zelt einer Wahrsagerin.

»Das vergess ich dir nie, dass du uns geholfen hast«, flüsterte sie.

»Man tut, was man kann«, antwortete er stolz.

»Wenn ich jetzt bloß die Kinder hier hätte«, seufzte Luz Ermengilda zu. »Was hätten die für einen Spaß!«

»An dieses Fest werden wir uns noch erinnern, wenn wir uralt sind«, rief Maribel, die mit einem Rekruten mitten auf der Straße tanzte. »Das ist ein Jahrhundertereignis!«

»Komm mal her«, sagte Rita zu dem Polizisten Nemesio Paz, der auch wieder Dienst tat, und nahm ihn in den Tanzgriff. »Solche Dummheiten wie heute Nachmittag machst du mir aber nicht mehr, nicht wahr? Dazu bist du ein viel zu netter Kerl ...« Und sie schwenkte ihn, der verlegen grinste, im Kreis herum.

»Sie fand mich nett«, erzählte er später stolz dem Sergeanten Mauricio Ramirez. »Stell dir vor, die Rita!«

»Dass du nicht wagst, sie anzurühren!«, fauchte der Sergeant.

»Aber ich dachte«, stotterte Nemesio Paz erschrocken, »zwischen euch beiden sei es aus?«

»Was weißt denn du«, knurrte der Sergeant finster.

Susana war nicht auf der Plaza. Mit Marta und Lena und den beiden Prats saß sie unter einem Baum im Doktorsgarten. Lucrecia war auch noch da. Im Hintergrund schrubbte sie den Biwakkessel. Die beiden Doktorskinder schauten ihr interessiert zu. Alfredo schenkte Obstsaft und Cola mit Rum aus, Rebeca bot Knabberzeug an.

Es war eine sehr schweigsame Gesellschaft. Lena wagte in dieser vornehmen Umgebung kaum zu atmen. Marta war noch ganz verstört von der Begegnung auf dem Rondell, und am allerschweigsamsten war Susana. Nur Lucrecia werkelte geräuschvoll an ihrem Kessel und unterhielt sich dabei mit den Kindern.

»Wie groß und leer der Garten heute ist«, sagte Rebeca und räusperte sich.

»Nimm's nicht so schwer, Susana«, sagte Alfredo. »Du hast ihnen doch nur zeigen wollen, wie man's macht, nicht wahr? Du musst dich sehen als eine Mutter, die ihrem Kind das Gehen beigebracht hat.«

»Sie schließen mich aus«, seufzte Susana.

»Du kannst auch nicht erwarten, dass du nach einer so kurzen Zeit schon wie eine der ihren behandelt wirst«, sagte Rebeca. »Und außerdem bist du ihnen wahrscheinlich auch zu gebildet, als dass du ihresgleichen sein könntest. Und zu gut dran. Dir geht es so viel besser als ihnen. Das verzeihen sie dir nicht.«

»Aber ich wollte ihnen doch aus ihrem Elend heraushelfen!«, rief Susana. »Und ihr wolltet das auch!«

»Wer möchte schon gern dankbar sein?«, fragte Rebeca. »Dankbar sein heißt abhängig sein. Sie aber haben gerade ihre Unabhängigkeit entdeckt. Die genießen sie jetzt. Die Unabhängigkeit und die Macht. Das muss man respektieren.«

»Ja«, fügte Alfredo hinzu, »das tut weh, aber man lernt eine Menge dabei – vor allem, sich selber nicht zu wichtig zu nehmen …«

»… und hoffentlich auch, andere nicht dauernd mit Ratschlägen und Weisheiten zu beglücken«, warf Rebeca hin.

Alfredo brach in Gelächter aus, dessen Ursache die Mädchen nicht verstanden. Sie sahen ihn erstaunt an. Aber er erklärte nichts, sondern wechselte nur mit Rebeca einen heiteren Blick. Dann setzte sich Rebeca neben Susana.

»Du hast doch Lust, in der Praxis mitzuhelfen, nicht wahr?«, fragte sie. »Wenn Alfredo dich anlernt …«

Susana schaute überrascht auf.

»Das hab ich mir schon immer heimlich gewünscht«, sagte sie. »Aber glaubst du, dass Marta den Haushalt allein schaffen wird? Mit den Kindern und den Eltern?«

»Sie wird schon in die Arbeit hineinwachsen«, meinte Rebeca. »Lassen Sie doch jetzt den Kessel in Frieden, Lucrecia«, rief Alfredo hinüber. »Den können wir morgen noch putzen. Setzen Sie sich zu uns und ruhen Sie sich aus.«

Er schob ihr einen Klappstuhl zu, aber sie wagte nicht, sich daraufzusetzen. Sie sah ihn misstrauisch an.

»Der hält mich nicht aus«, sagte sie.

Da ging Alfredo ins Haus und trug einen anderen Stuhl für sie heraus, er, der Doktor, der reiche Herr – es war wie im Film, wo man auch nicht alles glauben durfte, was gezeigt wurde!

»Ich meine, es wäre jetzt an der Zeit, dass wir uns bedanken sollten«, sagte sie, nachdem sie sich umständlich niedergelassen hatte, und zeigte auf Alfredo. »Wenn keine andere sich findet, dann will ich's tun.«

Alfredo winkte ab und warf Rebeca wieder einen Blick zu.

»Dann müsste sich jeder bei jedem bedanken«, sagte er. »Denn jeder von uns hat so viel getan, wie er konnte. Das hebt sich auf.«

»Aber wenigstens einen Schimmer von Anstand hätten sie zeigen sollen!«, rief Lucrecia erbost. »Mindestens den Garten hätten sie in Ordnung bringen müssen!«

»Das mache ich morgen«, wagte Marta zu sagen.

»Das werde ich der Rita und den anderen schon noch unter die Nase reiben«, knurrte Lucrecia grimmig. »So was darf man ihnen nicht durchgehen lassen.«

Dann wandte sie sich Susana zu und sagte in verändertem Ton: »Wenn du ab jetzt dem Herrn Doktor hilfst, dann hast du doch abends viel Zeit! Könntest du mir dann nicht mal das Lesen und Schreiben beibringen? Ich bin zwar vierzig, aber dazu ist's wohl noch nicht zu spät. Wenn ich schon nicht heiraten konnte, so will ich wenigstens lesen und schreiben können. Ich kann dir's auch bezahlen.«

»Gern!«, rief Susana überrascht und erfreut. »Gern bring ich dir's bei. Vielleicht wollen auch andere mitmachen. Dann gäb's einen ganzen Kurs. Und Geld will ich nicht dafür.«

»Jedes Ding hat seinen Preis«, sagte Lucrecia. »Und *wo* machen wir den Kurs?«

»Ihr könnt hier in mein Zimmer kommen«, sagte Susana.

»Diese Idee finde ich nicht gut«, sagte Rebeca. »Hierher wird außer Lucrecia niemand gern kommen.«

»Dann vielleicht bei Maribel oder bei Inez?«, fragte Susana.

»Sprich du mit den anderen, Lucrecia. Und betone, dass ich mich niemandem aufdrängen will.«

»Das überlass nur mir«, sagte Lucrecia. »Sie werden sich darum drängen, dir gleich zu werden.«

»Darf ich auch?«, fragte Lena schüchtern.

Eine Stunde vor Mitternacht brach Lucrecia auf und Lena mit ihr.

»Ich hab Angst«, hauchte Lena, als sie unterwegs waren. »Wie werden sie uns morgen Früh empfangen?«

»Stumm«, antwortete Lucrecia. »Doña Natalia wird uns keine Vorwürfe machen. Nur Blicke wird sie werfen. Du wirst einen Haufen Scherben wegfegen müssen und mich erwarten Berge von schmutzigem Geschirr. Das ist alles.«

25

Am nächsten Morgen trafen sich die Mädchen wie eh und je im Milchladen. Heiter winkten ihnen zwei Straßenkehrer zu, die die Plaza von den Resten des Festes säuberten.

»Stell dir vor«, rief Josefina Rita entgegen, die mit einem

Pappköfferchen und einer vollen Plastiktüte vorüberkam. »Doña Rosalia hat den Juanito noch vor dem Frühstück mit einem Strauß in die Küche geschickt und hat ihn sagen lassen: ›Schön, dass du wieder da bist.‹ Kannst du das verstehen?«

»Meine Señora«, antwortete Rita, »hat getan, als ob es die beiden letzten Tage nie gegeben hätte.«

»Doña Rosina hat Luz den Lohn um zehn Cruces erhöht!«, rief Josefina erregt über die Straße. »Und Doña Beatriz und Doña Mercedes sind sogar um fünfzehn hochgegangen! Ganz freiwillig. Verstehe einer die Señoras ...«

»Sie wissen jetzt, was sie an uns haben«, sagte Rita. »Leb wohl. Grüß die anderen.«

»Wo gehst du hin?«, rief Josefina ihr erstaunt nach.

Aber Rita war schon weitergegangen, sie winkte Luz und Yolanda zu, die ihr entgegenkamen.

»Hallo, Luz«, sagte sie. »Gehst du hinaus nach Barranca?«

»Ja«, antwortete Luz, »Bescheid sagen, dass alles vorbei ist, und die Eier bezahlen. Nana und Maribel werden auch schon unterwegs sein. Meine Señora hat mir sofort Urlaub gegeben, ohne lange Einwände. Ich soll nur spätestens heute Nachmittag zum Kaffee wieder da sein und das schaffe ich ja auch.«

»Es wird heiß werden«, sagte Rita.

Luz blinzelte in den Himmel und zuckte mit den Schultern. Dann warf sie einen prüfenden Blick auf Rita.

»Heute sieht man deine Kratzer noch viel deutlicher als gestern«, sagte sie.

»Ich hab sie schon vergessen«, antwortete Rita. »Sie stören mich nicht. In ein paar Tagen bin ich sie wieder los.«

»Was hast du vor?«, fragte Yolanda erstaunt.

»Ich gehe nach Andagoya«, antwortete Rita.

Beide Mädchen sahen sie verblüfft an.

»Und gestern hast du das noch nicht gewusst?«, fragte Yolanda.

»Heute Nacht hab ich mich endgültig dazu entschlossen«, antwortete Rita lachend. »Nachdem ich in das Haus meines Vaters zurückgekehrt bin. Es war mir, als bekäme ich dort keine Luft.«

»Bleib doch hier bei uns«, bat Luz. »Wir werden vielleicht bald wieder jemanden brauchen, der uns führt. Susana hängt immer mit den Doktors zusammen. Ohne die macht sie nichts und ist sie nichts.«

»Erzieht euch Susanna doch, wie ihr sie haben wollt«, sagte Rita.

»Ich finde, jetzt schaffen wir's schon allein«, fuhr Luz fort. »Du wärst für so was die Richtige. Du bist ein Mensch wie wir und kannst auch nicht lesen und schreiben und alle mögen dich.«

»Du bist nicht so vollkommen«, sagte Yolanda.

»Also wirklich, du musst uns anführen«, rief Luz.

»Nehmt die Maribel«, sagte Rita. »Die ist noch besser dafür.«

»Aber zu jung«, sagte Yolanda.

»Beim nächsten Streik ist sie schon älter«, sagte Rita lachend.

»Ausgerechnet du«, seufzte Luz.

»Kommt doch nach!«, rief Rita. »Ich schicke euch einen Brief. Ich lasse ihn mir von jemandem schreiben, wenn ich nicht bis dahin schon selber ein paar Zeilen an euch schreiben kann. Hab ich erst mal eine Stellung gefunden, halte ich die Augen auch offen für euch, ja? Also, bis bald!«

Sie wechselte Köfferchen und Tüte von der einen in die andere Hand und ging weiter. Neben der Kirche hing noch das Plakat mit den Forderungen. Sie riss es herunter, zerknüllte es und warf es hinter den Bauzaun. Als sie sich wieder umdrehte, stand Susana neben ihr.

»Du verreist?«, fragte Susana.

»Nach Andagoya, wo du herkommst«, antwortete Rita. »Alles das nachholen, was du uns voraushast.«

»Lass dir von Alfredo doch Adressen geben?«, rief Susana eifrig. »Er hilft dir bestimmt. Er kennt eine Menge guter Familien, von denen sicher eine ein Dienstmädchen braucht. Dann hättest du einen ganz anderen Start!«

»Nein«, antwortete Rita kühl. »Ich will Alfredos Hilfe nicht. Ich versuch's allein.«

Eben tauchte der Bus auf, der zwischen Santa Monica und der nächsten Bahnstation, San Bernardo, hin- und herpendelte. Er war nicht zu übersehen mit seinem grellen grünroten Anstrich und dem orangefarbenen Elefanten auf der Längsseite. In einer Staubwolke schwankte er heran und blieb neben der Polizeistation stehen.

Rita spürte ihr Herz schneller schlagen.

»Leb wohl«, rief sie Susana zu und lief dem Bus entgegen, den schon eine Herde aufgeregter Reisender mit Koffern, Schachteln, Hühnerkäfigen und Bündeln umdrängte.

Aber zwischen Bauzaun und Polizeistation trat ihr der Sergeant Mauricio Ramirez in den Weg.

»Rita«, sagte er und sah sie mit starren Augen an.

»Ja?«, fragte sie. »Interessieren dich die Kratzer in meinem Gesicht?«

Er räusperte sich.

»Wir wollen das alles vergessen, das von gestern und vorgestern«, sagte er. »Es soll zwischen uns sein wie vorher. Denn es ist ja alles noch einmal glimpflich abgelaufen. Man hat darauf verzichtet, dich und deine Susana einzusperren wegen des Aufhebens.«

»Nein«, antwortete sie.

»Was meinst du mit ›nein‹?«, fragte der Sergeant.

»Es soll zwischen uns *nicht* mehr sein wie vorher«, sagte sie. »Ich fahre jetzt nach Andagoya und bleibe dort.«

»Nach Andagoya?«, fragte er verblüfft. »Was willst du dort?«

»Lernen«, antwortete sie. »Und Platz haben. Luft kriegen.«

»Und wo hast du das Geld für die Reise her?«, fragte er scharf.

»Es geht dich zwar nichts an«, sagte sie, »aber du kannst es ruhig wissen: Marta hat mir zu meinen zweiunddreißig Cruces noch dreißig dazugeborgt.«

»Du wirst dort unter die Räder kommen«, sagte er düster. »Was hast du denn für eine Ahnung von so einer Großstadt? Jawohl, unter die Räder, ganz besonders du mit deinem Gesicht und deiner Figur. Das kann ich dir jetzt schon sagen.«

»Lieber dort unter die Räder kommen als hier ersticken«, lachte sie. »Aber ich habe nicht vor, unter die Räder zu kommen. Ich will mich umschauen und weiterkommen.«

»Und auf einen General hoffen, was?«, rief Mauricio erbost. »Achselklappen eines Sergeanten genügen dir wohl nicht? Ich will dir mal sagen, was du bist: Größenwahnsinnig bist du, jawohl!«

Rita stieß ein helles Gelächter aus, dann wurde sie wieder ernst und sagte: »Du Zwerg.«

»Was hast du gesagt?«, fragte er ungläubig und starrte ihr ins Gesicht.

»Such dir eine andere«, antwortete sie. »Eine, die es nicht stört, dass du dich nicht mehr änderst. Leb wohl.«

Damit stieg sie in den Bus. Zehn Minuten später fuhr er ab.

Ravensburger Bücher

Bücher von Gudrun Pausewang

Gudrun Pausewang

Die Not der Familie Caldera

Eine Erzählung über Not, Elend und Ausbeutung von Kindern in der Dritten Welt – hier am Beispiel Lateinamerikas.
Als Joselitos Vater arbeitslos wird, müssen die Calderas ihr Haus verkaufen und eine Hütte im Elendsviertel der Stadt beziehen. Trotz aller Bemühungen finden die Eltern keine Arbeit und Joselito und seine Geschwister beginnen zu stehlen.
In seiner Verzweiflung wird auch der Vater zum Dieb, bis ihn eines Tages die Polizei überrascht …

ISBN 978-3-473-**58031**-6

Gudrun Pausewang

Das Tor zum Garten der Zambranos

Die reichen Zambranos nehmen den Betteljungen Angelito als Spielkameraden für ihren Sohn Gregorio zu sich. Alles geht gut, bis Gregorio auf eine verrückte Idee kommt: Er möchte Angelitos früheres Leben kennen lernen. In abgerissenen Kleidern machen die beiden sich auf in die Welt der Armen.

ISBN 978-3-473-**58036**-1

RTB_06_048

www.ravensburger.de

Ravensburger

ISBN 978-3-473-**58188**-7